Alfred Brendel
Ein Finger zuviel

134 Gedichte

Piper München Zürich

»Ein Finger zuviel« umfaßt die drei Bände »Fingerzeig« (1996), »Störendes Lachen während des Jaworts« (1997) und »Kleine Teufel« (1999).

Von Alfred Brendel liegen in der Serie Piper außerdem vor:
Nachdenken über Musik (8244)
Musik beim Wort genommen (8334)

Ungekürzte Taschenbuchausgabe
Piper Verlag GmbH, München
Oktober 2000

Umschlag: Büro Hamburg
Stefanie Oberbeck, Katrin Hoffmann
Umschlagabbildung: Max Neumann
Foto Umschlagrückseite: Philips Classics/Gabriela Brandenstein
Satz: Reinhard Amann, Aichstetten
Druck und Bindung: Clausen & Bosse, Leck
Printed in Germany ISBN 3-492-23186-1

INHALT

Fingerzeig 7

Störendes Lachen während des Jaworts 85

Kleine Teufel 155

Fingerzeig

45 Texte

Es gab einen Pianisten
der entwickelte
einen zusätzlichen
dritten
Zeigefinger
nicht etwa zum Klavierspielen
obwohl er manchmal
diskret
in eine schwierige Passage eingriff
sondern zum Hinzeigen
wenn beide Hände beschäftigt waren

Hie und da schoß der Finger aus der Nase
um einen Huster im Saal bloßzustellen
oder er kroch unter den Frackschößen hervor
einer Dame in der dritten Reihe Zeichen gebend
beim Krebs des Fugenthemas
sah man ihn
in voller Länge aus dem Hemdkragen aufsteigen
Ausnahmsweise
wenn das Hirn des Pianisten kochte
und die Harmonien durcheinandergerieten
richtete er sich auf seinen Besitzer
ja er klopfte mehrmals
anklagend
an dessen Schädeldecke

Es war nicht ohne weiteres klar
wen er anklagte
denn der Pianist tat ja sein möglichstes
und das Publikum in solchen Momenten
hielt lautlos den Atem an
Wenn der Finger danach
in der linken oberen Fracktasche verschwand
spürte man im Saal eine gewisse Erleichterung
Der Mann mit der Videokamera
der die Szene eilig festgehalten hatte
nickte ein
und der Kritiker notierte
um den Wortlaut nicht zu vergessen
die Überschrift
Ein Finger zuviel

Bevor ich meine Bekannten besuche
Menschen namens Brezel
tierliebe Leute
trinke ich mir immer erst Mut an
Zögernd trete ich ein
da sitzt ein Hund
mit erhobenem Schwanz
Vorsichtig gleite ich an ihm vorbei in die Stube
dort lauert schon der nächste
und fährt mir
mit seiner von Bakterien bevölkerten Zunge
lustvoll übers Gesicht
Im Badezimmer
wohnt eine Hundemutter
deren Welpen sich
säuerlich riechend
auf meinen Schuhen breitmachen
Beim Kaffee
springt mir ein kleiner
aber strammer
Mops auf den Schoß
Im Garten dann
eilt etwas Riesiges herbei
ein Bernhardiner
und wirft mich begeistert auf den Rasen
Zum Abschied werde ich vom Hausherrn gebissen

hoffentlich hat er nicht die Tollwut
Ich sage dankeschön
und entferne mich rücklings
Bis zur Kreuzung noch
bellt er mir nach

Als der Dichter
wie unter Zwang
seine ersten Zeilen zu Papier gebracht hatte
lehnte er sich aufatmend zurück
Emil hatte gesprochen
Nach längerer Abwesenheit
war Emil wieder da
Ohne Emil blieb die Feder trocken
Nun durfte man hoffen daß die Blätter sich füllten
von Emil mit kühnen Metaphern versorgt
manchmal auch mit witzigen Aphorismen
in jener Mischung
typisch Emil
von Unsinn und Tiefsinn
in der ihn nicht einmal der alte Lichtenberg übertraf
Ohne Emil
versank das Leben in Bierernst oder Bierulk
Erst Emil
streute Pfeffer
säte mit unschuldiger Miene
Unfrieden
brachte Wörter und Sätze zum Tanzen
Wo er nur herkam
dieser Emil
plötzlich war er da
unangemeldet

man mußte sich von ihm überraschen lassen
ihm nicht ins Wort fallen
dann führte er gewissenhaft die Hand
kontrollierte Hebungen und Senkungen
stach Silben
rezitierte mit lauter
etwas krächzender Stimme
das Diktierte
bis er wieder verschwand
den Dichter verwaist zurücklassend
ach Emil

Am Ende eines harten Arbeitstages
gönnte sich der Lachforscher einen Cognac
Endlich war der Coup gelungen
die Videoaufzeichnung einer Kongregation
welche
von ihrem Prediger ermutigt
in Lachkrämpfe ausbrach
sich in Lachorgien auf den Kirchenfliesen wand
schönster Beweis dafür
daß Gott ein Humorist sei
und Lachen
auch wenn es der hysterischen Spielart angehörte
gesund
Fast hätte es ihn selbst erwischt
Wie gerne hätte er mitgelacht
doch hielt ihn sein Berufsethos in Schach
Lachforscher lachen nicht
Die Anstrengung
saß ihm immer noch in den Gliedern
Nun aber
im Frieden seiner vier Wände
drängte es ihn
den Videofilm ungestört abzuspulen
Vorsorglich
legte er sich bereits auf den Teppich
damit er nicht auf den Hinterkopf fiel

wenn das Lachen ihn
quietschend vielleicht
oder in spitzen Schreien
übermannen würde
wie ein verborgenes Laster

Als Antwort auf die Umfrage
was für ihn
das Wichtigste im Leben sei
nannte Eduard
das Äußern von Meinungen
Dies setze keinerlei Kenntnisse voraus
eine Art sechster Sinn ermögliche ihm
sie spontan und mit Nachdruck von sich zu geben
er wisse da oft selbst nicht genau
was er sage
wie durch ein Sprachrohr
spreche es durch ihn hindurch
Experten überrumpelnd
Unwissende belehrend
Mit dröhnender Stimme höre er sich
pontifizieren
Erklärungen aus dem Ärmel schütteln
Zensuren austeilen
berauscht von Selbstvertrauen
von der eigenen Courage überwältigt
bis der letzte Gast das Haus verlasse
und er nun
zwischen halbleeren Bücherwänden
dem Echo seiner inneren Stimme
nachlausche ermüdet aber erhoben

Es fühlte die Maus
daß jenseits der Mäusewelt
eine andere
höhere
tiefere
innere
Wirklichkeit
alles Nagende
Pfeifende
Katzigemäusige
überragte
wie ein einziger unermeßlicher Käse
anbetungswürdig
gelblich
mit schönen Löchern
über jeden Zweifel erhaben

Ein Wunsch
beschloß sich zu erfüllen
Dazu war es aber zunächst nötig
zur Möglichkeit zu werden
Wie es soweit kam blieb unklar
Wünsche kennen ja keine Grenzen
aber das Mögliche
gehorcht strengen Gesetzen
ist überprüfbar
und keineswegs utopisch
Der genaue Moment der Erfüllung
wurde zum Gegenstand eines Gelehrtenstreits
Jedenfalls stellten damals
kategorisch und für immer
sämtliche Hunde das Bellen ein
Vorteile dieser
nur als Wunscherfüllung erklärlichen
Mutation
traten bald zutage
Die derart eingetretene Stille
senkte den Blutdruck
das frühkindliche Trauma
verschwand aus den Statistiken
und alte Feinde
schüttelten sich die Hand
Wer sich ebenfalls freute waren die Einbrecher

aber sie freuten sich zu früh
denn sie wurden nun von den Hunden
sofort gebissen
Leider bissen die Hunde
in der Folge auch Familienmitglieder
und machten selbst vor dem großen Guru
Grammaswami
nicht halt
Der Tierschutzverein marschierte auf
was wiederum die Menschenschützer
in Harnisch brachte
Schließlich bissen auch die Menschen wild um sich
was blieb ihnen anderes übrig
jeder biß jeden
und die Welt war wieder logisch und überschaubar

Der sanfte Buddha
in seinem Fett ruhend
triefend manchmal
bei heißem Wetter
in Zufriedenheit erstarrt
was geschah
daß er plötzlich aufsprang
vor Wut brüllend
hüpfend
auf einem Bein
bevor er zu Boden fiel
aufklatschend
mit seinen tausend heilbringenden Armen rudernd
bis sie sich heillos verfingen
ein Zornknäuel
hilflos auf dem Rücken zappelnd

Die einen wissen was geschah
ein Schlangenbiß in den Fuß
die anderen wissen es besser
auf einer Hornisse
sei sein Gesäß
zum Sitzen gekommen
In Wahrheit
hielt er den Frieden nicht mehr aus
Heiligsein ist anstrengend

Nun liegt er da
und seine Schüler
entfernen den Schaum von seinem Mund
entwirren
voller Entsetzen
seine ineinander verschlungenen Arme
und warten darauf
daß der heilige Zorn verraucht
das Mondgesicht sich glättet
der Göttliche wieder so dasitzt
wie man es von ihm erwarten darf
schweigend
die Hände gefaltet
die Augen halb geschlossen
unverrückbar

Eigentlich war es gar nicht so übel
das Leben
das er letzthin führte
mit einer Haupt-
und siebzehn Nebenfrauen
Man mußte sie nur auseinanderhalten
das war nicht immer ganz einfach
an den Nasen erkannte er sie am besten
Nasen und Busen
natürlich auch an der Stimme
denn er war ja musikalisch
aber da sie kaum etwas sagten
ließ er sie vorsingen
Manchmal fiel ihm dabei der Vorname ein
Nur die hübsche Stotternde erkannte er sofort
sie stotterte auch wirklich allerliebst
Wenn sie über die ersten
Bubu
Buchstaben nicht hinauskam
wurde er lüstern
und machte die Jalousien zu
Nächste Woche war Probesingen
Puccini und Lehar
darauf freute er sich schon
Platz hatte er genug
und den Gesangsunterricht besorgte er selbst

Bauchmuskulatur und Zwerchfell
das war sein Metier
Auch der Schmelz des Vortrags
stand ihm zur Verfügung
den hatte er von Tauber
während sich die Technik mehr an Gigli hielt
Jung mußten sie sein
Wenn dann auch noch echtes Talent hinzukam
Talent und Liebe zur Sache
durfte man mit ihm rechnen
Sitzengelassen hatte er noch keine
und die Küche im Palast war berühmt

In der Kontroverse
um die Abschaffung oder Beibehaltung von Türen
im Wohnbau
verfügten beide Seiten
über starke Argumente
Ohne Türen
sagten die Pragmatiker
sei man Wind und Wetter
Lärm und Qualm
hilflos ausgeliefert
Durchblicke in andere Räume
lenkten das Auge auf Unerfreuliches
Das Belauschen von Telefongesprächen
gehöre ebenso zur Tagesordnung
wie das Inhalieren von Küchen- und Zigarrendunst
oder das Anhören von Weihnachtsliedern
Großräume öffneten den Aggressionen
bildlich gesprochen
Tür und Tor
wobei zu bedenken sei
daß eine einzige geschlossene Tür
oft längst nicht genüge
um vor den Unbilden seiner Umgebung
Schutz zu finden
Die Vernunft gebiete daher
sich dem Leitsatz und Kampfruf

Zurück zur Doppeltür
zu verschreiben

Das idealistische Lager argumentierte dagegen
es führe die Abschaffung trennender Elemente
Menschen zwangsläufig zueinander
ja bedinge geradezu das Gemeinwesen
Sie stähle aber auch
Körper und Sinne
und inspiriere Architekten
zu ungeahnten Raumvisionen
Offene Türen müßten fortan nicht mehr
eingerannt werden
Auch der Torschlußpanik wäre
gleichsam ein Riegel vorgeschoben
sofern man sich entschlösse
das Haustor ebenfalls zu entfernen
Nach menschlichem Ermessen
zöge solcher Türenverzicht
eine gewaltige Zunahme an Naturverbundenheit
nach sich
die allerdings durch den Verzicht auf Fenster
noch weiter voranzutreiben wäre

Dergleichen Einwände
von der Partei der Öffnung vorgebracht
fanden leider nicht das Gehör der Mehrheit

So wurde denn
unter dem verzweifelten Protest fortschrittlicher
Kräfte
das Offenstehen Klappen oder krachende Zufallen
von Türen
mit Geldstrafen belegt
und eine Utopie
zu Grabe getragen

Bei seinem letzten Konzert
sah ich meinen Kollegen Fischkemper
über dem Klavier levitieren
ich traute meinen Augen nicht
doch tatsächlich da schwebte er
während der Flügel
den Es-Dur-Triller der Sonate Opus 111
selbsttätig weiterspielte
ihn um Minuten verlängernd
damit auch der größte Zweifler
Gelegenheit hätte zu registrieren
daß hier ein mystisches Erlebnis
wahrnehmbar von allen
sich ereignete

Ein Schaf sprach zu mir
Du bist zwar nicht so schön wie ich
so wollig
kräuselig
deine Stimme
berührt nicht das Herz
deine Rede
übermittelt nicht
aphoristisch das Wesentliche
du rennst dem Hammel nicht nach
bist weder friedfertig
noch naturliebend
niest im Sommer
und verschwindest beim leisesten Tröpfeln
unter dem Regenschirm

Und doch gehörst du zu uns
auch schwarze Schafe tun dies
Unter deinem Wolfspelz
verbirgt sich etwas Mildes Rundliches
Schutzbedürftiges
ich grüße dich
Lämmlein auf der Schlachtbank

Beee Bö Bäh
sagte ich

Wer versorgt uns mit dem fehlenden
dem allerletzten
vierten oder siebenten Akt
worin Tristan und Isolde
skeptisch geworden
eine Vernunftehe eingehen
Lulu als Vestalin wiederaufersteht
und Sarastro der Königin der Nacht
seine drei priesterlichen Akkorde
zur alleinigen Verfügung überreicht

Wer beschert uns den Akt aller Akte
darin Norma
einem Stimmbandkatarrh vorgreifend
als stummer Geist die Szene heimsucht
Don Giovanni
seine Sünden unter lauter Weihnachtsengeln im
Himmel abbüßt
und Florestan
der neue Usurpator
Leonore in den Kerker wirft

Wer beglückt uns mit dem langersehnten
dem endgültigen Finale
das die Vollendung noch vollendeter macht
die Unordnung wiederherstellt

Walther von Stolzing als Dilettanten verjagt
den Bewohnern von Wallhall Kindertrompeten in
den Mund schiebt
und Konstanze in ein Huhn verwandelt
das sich aufgeregt gackernd
hinter dem Serail davonmacht

Als die Mutter mit ihren dreizehn Kindern
bei der Tombola erschien
war der Raum
in dem die Auslosung stattfinden sollte
plötzlich zum Bersten voll
Einige Frauen mittleren Alters
schoben sich
von Neid erfüllt
durchs Gewühl
um den Kindersegen aus der Nähe zu bewundern
während zugleich das Wort Übervölkerung
immer lauter ausgestoßen wurde
Die Lose der dreizehn Kinder
waren alle Treffer
was sich auf die Anwesenden
ungünstig auswirkte
Es entstand ein Handgemenge
in dem die Mutter
schnell ein vierzehntes Kind zur Welt brachte
Die noch zu gewinnenden Gegenstände
wurden mittlerweile geplündert
und die Polizei
als sie endlich den Schauplatz betrat
mit Präservativen beworfen
Im Parlament
machte sich die Opposition

für die Freiheit des Gebärens stark
wogegen die Regierung feierlich
das Überleben zum Grundrecht erklärte
Als sich der Papst einschaltete
brach endgültig der Bürgerkrieg aus
bekanntlich tobt er noch heute
dieweil die Mutter mit ihren neunzehn Kindern
im Flugzeug des Vatikans
als Fruchtbarkeitsschrein
den Rest der Welt bereist

Ein Dirigent
entließ sein Orchester
als es
auf seinen Auftakt hin
nicht einsetzte
und wurde
um sich für diese Unbotmäßigkeit zu rächen
Staatsmann

Als solcher
erteilte er seinen Mitbürgern
am Fernsehschirm gestikulierend
das Signal
zu allen Verrichtungen
zur Arbeit fürs Gemeinwohl
zum Genuß von Mahlzeiten
zu Schlaf und Beischlaf

Nur die Musiker
gehorchten nicht
lachten hinter der vorgehaltenen Hand
und sangen
wenn er in der Nähe war
kakophonisch durcheinander

Erzürnt über diesen Mangel an Taktgefühl
verfügte er

daß fortan
alle musikalischen Geräusche
auf Knopfdruck
zu erzeugen seien
mit Ausnahme von Alle meine Entlein
welches er
von Kindern gesungen
zur Landeshymne erhob

Vorsichtshalber
wurde auch die Erzeugung von Nachwuchs
Computern zugeteilt
Witze wurden
per Dekret übermittelt
und die Benutzung von Küchenmessern
an Wochenenden
untersagt

Dennoch
stürzten die Musiker
den Staatsmann vom Podium
wie einen Sack Kartoffeln
als er
zur Feier seines Geburtstags
mit einem goldenen Taktstock
Alle meine Entlein dirigierte

In dem darauffolgenden Trubel
suchte der Landesherr das Weite
und übt nun
im Exil
auf bessere Zeiten hoffend
vor dem Spiegel
das Taktieren
von Hänschen klein

Worauf sie wohl hinauswollte
die Frau die ihm im Halbschlaf erschien
über die Maßen plastisch
leicht aber teuer bekleidet
von zärtlichster Gemütsart
Warum gönnte sie ihm nicht die Ruhe
ermattet wie er ist von geistiger Verrichtung
drängt sich an ihn
zwickt ihn in die Wange
reizvoll das muß man zugeben
trotz oder wegen des außerordentlich großen
Busens
der sich mehrmals um ihn herumschlingt
ein Oktopus aus zärtlichem Material
kühl wie Schlangenhaut
Vielleicht verwechselte sie ihn mit Tarzan
oder King Kong
wo er doch
ein Schreibtischtäter
kaum seine Glieder rühren kann
Vielleicht sonnt sie sich in Eroberungen
führt Buch
und vergibt Noten
Vielleicht liebte sie ihn sogar
das wäre bedenklich
obwohl schmeichelhaft

da müßte man sich
schlau aus der Umklammerung lösen
ein schwieriges Unterfangen
oder sich damit abfinden
daß die Tentakeln
am Ende
Mund und Augen bedeckten
jedes Bewußtsein
liebevoll
erdrosselnd

Als der Klavierpoet sein Honigbrot verspeist hatte
setzte er sich
wie stets um zehn Uhr dreißig
an den Flügel
mit dem Ziel
sich selbst
die Musik
das Instrument
sowie ein imaginäres Publikum
zu verzaubern

Niemals wurden die Fenster geöffnet
Frische Luft könnte der Poesie schaden
Der aus den Tönen gezogene Duft
mußte unverdünnt eingeatmet werden
die Ohren sich wie geblähte Nüstern
nie gehörten Nuancen hingeben

Eigentlich roch der Raum nach Katzen
Katzen waren geduldet
solange sie nicht die Krallen an den Kissen schärften
oder Mäuse unter den Pedalen deponierten
Der Klavierpoet versuchte
seine Finger möglichst katzenhaft
gleitend oder schleichend zu benützen
Manchmal miaute er leise

wenn in der Musik
Gefühle des seelischen Hungers
zum Ausdruck kamen
Verstohlen blickte er dabei auf die Uhr
ein keineswegs katzenhaftes Knurren
hatte sich seinem Inneren entrungen
doch es war noch längst nicht halb eins
und die Stillung des Hungers nach Schönheit
erforderte seine ganze Zuwendung

So zauberte der Pianist denn weiter
ebenso raffiniert wie innig
eine seltene Kombination
bis das Rasseln des Reiseweckers
sein Spiel mitten im Takt unterbrach
Fast siebzehnmal hintereinander
war das Nocturne erklungen
ein Pensum an Poesie
das den Künstler in die Lage versetzte
ruhigen Gewissens
ins nächste Honigbrot zu beißen

Hohes Kuratorium
meine Damen und Herren
Ihrer beispiellosen Ehrung
meiner unbedeutenden Persönlichkeit
kann ich nur mit noch nie hervorgerufener
Rührung
(weint)
(reißt sich zusammen)
begegnen
Die Tatsache
daß Sie mich auserkoren haben
stellvertretend für Millionen
von Straßenkehrern
als Repräsentant Ihrer Ideale
von Sauberkeit und Anstand
auf diesem Podium zu erscheinen
bedeutet für mich
die Erfüllung eines nie geträumten Traums
(schluchzt)
und die Sternschnuppe meines Straßenkehrerlebens
(Kichern)
Ich gelobe
in Zukunft
den Straßen unserer schönen
wenn auch von Hunden allzu zahlreich
heimgesuchten Stadt

noch häufiger den Rücken zu kehren
(Äußerungen des Unmuts)
(Die Versammlung wird geschlossen)

Seines Menschentums müde
beschloß Wilhelm
statt dessen ein Brezel zu sein
Salzig schmeckte er bereits
knusprig
wiewohl nicht mehr der Jüngste
fühlte er sich immer noch
So blieb ihm nur
in einem Wäschekorb zu liegen
bräunlich zu glänzen
Arme und Beine brezelhaft zu verschränken
und darauf zu warten
daß ihn jemand knackte

Seit diese Komponisten aus dem Jenseits
ihr das Haus einrannten
gab es nicht mehr viel
was sie aus der Fassung gebracht hätte
Sie ertrug es mit Gleichmut
daß man ihr dauernd Musikstücke einflößte
endlose viktorianische Oratorien
ausgerechnet ihr
die
auf einem Ohr taub
immer nur die Hälfte dessen vernahm
was Mendelssohn oder Bruch ihr gerade anvertrauten
Es machte ihr nichts aus
daß Brahms
seinen Bart auf ihrer Schulter liegen ließ
oder Chopin
sie mit Spiegeleiern fütterte
Und wenn Liszt
während des Diktats seiner neuesten Kirchenchöre
mit seiner schönen Hand
elektrisierend über ihr Haar strich
murrte sie nicht
Bei Mozart allerdings hörte der Spaß auf
Bar jeden Feingefühls
legte sich dieser Unhold
zu ihr in die Badewanne

und zwang sie
im Duett
einen obszönen Kanon nach dem anderen zu singen
Zum Glück
verschwand die Erscheinung rechtzeitig
sodaß wenigstens einer der Kanons
seinen Weg aufs Papier fand
gespickt mit falschen Noten natürlich
das gönnte sie ihm
ihre Schuld war das nicht
Schnell warf sie sich etwas über
um für den Besuch des griesgrämigen Rachmaninow
gerüstet zu sein

Ahnungslos noch
saß der Mann auf dem Sofa
während die Dame mit dem schönen Lächeln
sich ihm
wie einer Zielscheibe zuwandte
Niemand
das wußte sie
hielt diesem Lächeln stand
niemand der die nötigen männlichen Attribute besaß
Es war sofort da wenn man es brauchte
übers ganze Gesicht verteilt
Ausdruck einer schönen Seele
die zu erkunden
sich der Angelächelte
eiligst zum Ziel setzte
voller Neugier bereits
ob neben der Seele
vielleicht noch andere Regionen der Lächlerin
zur Erschließung aufriefen
Da der Augenschein
solchen Hoffnungen keineswegs widersprach
beschloß der Angelächelte
im Laufe des sich nun entspinnenden Austauschs
von Nichtigkeiten
das Seelische der Situation
doch lieber zu überspringen

Es schien ihm ausreichend
dieses Lächeln
nobel und selbstgenügsam wie es war
als ein weiter nicht erklärbares Phänomen
der Erinnerung einzuverleiben

Auf seinem Gang durch die Welt
sang das Knie
aus voller Kehle
denn auch Knie haben Kehlen
Ich bin ein Knie sonst nichts

Mit seinem Zustand
war es durchaus zufrieden
Der ewige Zank mit dem Geschwisterknie
die leidige Abhängigkeit von Schenkeln und Waden
das alles lag hinter ihm

Es war wohltuend
sein eigenes Knie zu sein
ein Knie ohnegleichen
das darauf zählen durfte
dereinst
wenn sein Anblick nicht mehr Entsetzen erregte
zum Gegenstand der Verehrung aufzusteigen

Vorausdenkend
sah es sich im Tempelbezirk residieren
als Übermittler dunkler Weisheiten
Quelle von Wunderheilungen
Zankapfel künftiger Religionskriege
von Wächtern behütet

von der Menge staunend belauscht
wenn es bei Sonnenaufgang
mit voller Kehle
sich selbst besang

Die kleinen Männlein
die nachts
leise in den Zimmern herumgehen
und alles durcheinanderbringen
sie kommen nur zu ordentlichen Leuten
je ordentlicher desto besser
da wird leise aber gründlich
mit der Ordnung aufgeräumt
Bibliotheken sind beliebt
da kann man Bücher
umdrehen
auf den Kopf stellen
verstecken
oder einfach falsch einordnen
die ganze französische Literatur
findet sich plötzlich im Wäscheschrank
während die Wäsche
auf wirklich alberne Weise
in die Speisekammer
zwischen das Eingemachte geraten ist
Fleißig sind die Männlein
zu herkulischen Taten fähig
unlängst schleppten sie den Flügel
ins Kinderzimmer
keiner weiß wie
und stopften ihn voll mit Steiff-Tieren

ein Fressen für die Feldmäuse
die um die Weihnachtszeit
so gerne in Klavieren nisten
Wenn die Männlein einmal Fuß gefaßt haben
sind sie schwer zu vertreiben
es sei denn man stellte sich gut
mit den Weiblein
die nehmen den Besen in die Hand
und jagen die Männlein davon
so sind sie heute
die Weiblein

Als Godot schließlich erschien
war die Enttäuschung groß
Daß er hinkte
sah man schon von weitem
ein kleiner Mann mit gewaltigem Bart
über den er zuweilen stolperte
leise fluchend
Er war es nicht gewohnt
Rede und Antwort zu stehen
Verteidigen mochte er sich nicht
Zorn über seine eigene Ohnmacht
stand ihm nicht an
So versuchte er es mit Kalauern
darin war er unerschöpflich
Kinder fanden ihn komisch
Manchmal warf er ihnen Schokolade zu
die sie in der Luft fingen wie Tiere im Zoo
Aber niemand kam ihm zu nahe
dazu war der Mann zu struppig
und seine Augen hatten den bösen Blick
Erkannt hätte ihn keiner
wenn nicht sein kilometerlanger Schweif gewesen wäre
der sich immer noch leuchtend am Boden hinzog
als sein Herr
längst schon
hinter den Hügeln verschwunden war

Ums
machte es
ums rums
Nicht jeder kennt die Geräusche
der alpenländischen Kröpfe
wenn sie in Aufregung geraten
sei es durch den Anblick einer Sennerin
oder angesichts des herzerfrischenden Wahlredners
auf dessen Wort man sich verlassen kann
wenn der Tod aller Zugereisten
die Ausweisung bösartiger Künstler
und die Förderung des Konsums von Alpenbutter
zur Debatte stehen
Bei solchen Themen
kann ein Kropf schon ins Zittern kommen
Eigentlich will man ja nichts
als in Ruhe gelassen werden
strammstehen dürfen
a bisserl germanisch sein
Wenn da nicht bald jemand Ordnung schafft
greift man eben selbst zur Waffe
oder kitzelt lästige Adressaten
mit einer kleinen Briefbombe
die ihnen die Fingerlein verbrennen wird
rums

Die Huster von Köln
haben sich mit den Kölner Klatschern
zu einer Hust- und Klatschgesellschaft zusammen-
geschlossen
deren erklärtes Ziel es ist
die Hust- und Klatschrechte
der Kölner Konzertbesucher wahrzunehmen
Der Versuch verständnisloser Künstler und
Veranstalter
solche Privilegien in Frage zu stellen
mußte eine Hust- und Klatsch-Initiative
zur Folge haben
Den Mitgliedern des Hust- und Klatschvereins
obliegt genaueste Kenntnis der Musikstücke
damit nach feierlichen Schlüssen unverzüglich
geklatscht
und bei leisen Stellen
zumal in der lähmenden Stille von Generalpausen
deutlich gehustet werden kann
Die Deutlichkeit des Hustens
ist oberste Vereinspflicht
schamhafte Verbergung desselben
oder gar selbstquälerische Unterdrückung eines so
natürlichen Vorgangs
bei Strafe des Ausschlusses untersagt
Wiederholter Serien- oder Dauerhusten

wird mit der »Huste nur«-Medaille prämiiert
Der neuerdings stattfindende Kontakt der
Kölner HKG
mit den New Yorker Niesern
und den Frankfurter Jungpfeifern
läßt für das Kölner Musikleben
auch in Zukunft
Großes erwarten

Natürlich liebe ich dich
sagte er zerstreut
du weißt doch daß ich alle Frauen liebe
Grund genug
daß die so Angesprochene
im Namen aller Frauen
ein Messer ergriff
und den Mann mit dem geräumigen Herzen
stellvertretend für alle Männer
erstach

In einer Zeit
die den Menschen das Recht absprechen möchte
sich öffentlich zum Käse zu bekennen
verdienen die Bemühungen des Käsesyndikats
Aufmerksamkeit und Unterstützung
Allzulang schon
hielt man den Käse unter Verschluß
verborgen vor Kindern und Jungfrauen
Immer noch
stößt das natürliche Bedürfnis fröhlicher Wanderer
den Ranzen zu öffnen
und ihren Käse zur Schau zu stellen
auf Entsetzen und Unverständnis
In seiner wöchentlichen Käsestunde
hat der Bayerische Rundfunk
die Käsefrage mutig aufgegriffen
Mittlerweile hat der Vorschlag
das Käsesyndikat in eine Käsekirche umzugestalten
an Boden gewonnen
Mit einem Schlag wären damit
Ansehen und Steuerbegünstigung garantiert
einer ungestörten Entfaltung des Käsewesens
die Wege geebnet
getragen von der heiligen Begeisterung der
Käsegemeinde
deren überraschend jungen Delegierten

wir hier mit einem dreimaligen Käsehoch
willkommen heißen

Als der Großwildjäger
zur Freude des Krokodils
in den Fluß gefallen war
erwog dieses
aus welcher Freßrichtung
der dicke Mann
am besten zu verspeisen sei
fußaufwärts
kopfabwärts
baucheinwärts
Oder sollte man vielleicht
um den Magen zu schonen
erst die Zehen einzeln genießen
und sich dann
gründlich kauend
bis zu den Ohren hocharbeiten
Der Gefahr des Sodbrennens
wäre durch Einspeicheln zu begegnen
das Schießgewehr aus Verdauungsgründen
ins Flußbett abzustoßen

Während das Krokodil
solchen Gedanken nachhing
schwamm der Großwildjäger entschlossen ans
rettende Ufer
wo ihn

die Hand sträubt sich es niederzuschreiben
ein Löwe gefressen hat

Nachdem die Königin
beim Diebstahl ertappt worden war
schienen die Tage der Monarchie gezählt
Der mißglückte Versuch der Landesmutter
ihrem Privatsekretär
die Geldbörse zu entwenden
löste laute Empörung aus
Erst kürzlich
hatte ein als Stallbursche verkleideter Chefredakteur
die versteckte Leidenschaft des Monarchen für ein
Araberpferd
ans Licht gebracht
Als bald darauf
das Ansinnen des Kronprinzen
unbotmäßige Schriftsteller mit Lachgas zu be-
schießen
für neue Schlagzeilen sorgte
schien die Stunde der Republik endgültig gekommen
In diesem Moment
stellten sich die Herausgeber sämtlicher Tages-
zeitungen
geschlossen hinter das Königshaus
Durch einen Geheimpakt
war dieses soeben verpflichtet worden
Ärgernisse in ausreichender Zahl
zur Verfügung zu stellen

Bei gesteigerter Auflage
sei die Krone
am Erlös zu beteiligen
Säumigkeit von seiten des Palastes hingegen
ermächtige die Morgen- und Abendblätter
königliche Skandale
nach Belieben aus der Luft zu greifen
Das Herrscherhaus hat sich seither
beneidet von allen Volksschichten
öffentlich und mit ungeahntem Vergnügen
der Ausführung von Missetaten hingegeben

Wenn ich ins Theater gehe
in so ein Gruselstück
mit Morden Totenschädeln Gespenst und
Wasserleiche
dann frage ich mich am Ende
was soll das Ganze
was geht mich Dänemark an
warum spielt dieser Prinz verrückt
wozu der schwachsinnige Klapperkönig
der es mit seinen drei Töchtern treibt
oder war es die blinde Mutter
Da lob ich mir die Tippse mit dem Schlüsselloch
ein gesegneter Einfall
oder das mit dem Esel und der Fee
köstlich
auch die Hexen fand ich nicht übel
und Hofnarr
ist sowieso lustig

Als der Schauspieler
sich in seine Rolle zu versetzen begann
fragte er sich
in welche Regionen seines vielfach gespaltenen Ichs
sie ihn wohl entführen werde
Ein Charakter mit Widersprüchen war das jedenfalls
schwer einzuordnen
in Komödie
Farce
Weihespiel
oder Schauerdrama
Da mußte man Wandlungsfähigkeit beweisen
auf offener Bühne
innerhalb von Sekunden
die Identität wechseln
den Hut eines Zauberers aufsetzen
als Priester mit starrer Miene feierlich schreiten
als Geist durch die Luft fliegen
dann aber wieder
als verwachsener Hofnarr Kapriolen schlagen
als Pierrot zart melancholisch schmachten
nicht zu vergessen
den Auftritt des gehörnten Ehemanns
dessen unfreiwillige Komik
diskret zu vermitteln wäre
oder des bösen Politikers mit dem freundlichen
Gesicht

eine nicht allzu schwierige
wenn auch dankbare Aufgabe
Nur das Tragische blieb ihm
wie er hoffte
erspart
es griff zu hoch
präsentierte statt Menschen Monumente
in die das Schicksal wie der Blitz hineinfuhr
zerborstene Trümmer zurücklassend
Da hielt man sich lieber an das Lächerliche
spielte den Ratlosen
das hat sich bewährt
Helden werden heute ratlos gespielt
oder man übte ein paar Herzenstöne
um sich nach allen Seiten abzusichern
Am Ende wußte man nicht mehr wohin man gehörte
im Grunde kein schlechter Zustand
man hielt sich offen
überließ alles weitere der Regie
die würde einem schon beibringen
wer man war

Abgeschirmt von den Geräuschen der Welt
die Ohren zugestöpselt
Fenster mit Kissen ausgelegt
so lauschte der Komponist seiner inneren Stimme
Die leisen Abschnitte waren kaum zu vernehmen
an der Grenze des zu Erlauschenden
mehr sich entziehend als mitteilend
Eigentlich ging es darum
das Unhörbare hören zu lernen
die Grenze von Klang und Nichtklang zu erforschen
vielleicht zu überschreiten
Dazu brauchte man Konzentration im Übermaß
Konzentration und Absichtslosigkeit zugleich
Gegensätze die sich geheimnisvoll ergänzten
Es wurde immer schwieriger zu entscheiden
ob man noch oder nicht mehr hörte
Immer dünnere Federn
erforderte die Niederschrift der Noten
damit auch optisch
der Eindruck des kaum Greifbaren bewahrt blieb
während die Vortragszeichen
unermeßliche Grade der Zartheit erheischend
durch immer fetteren Druck
das Auge des Benützers zu fesseln suchten
Zudem hatten sich Pianissimo-Vorschriften
längst als unzureichend erwiesen

Siebzehnfach
waren nun die Pianos nebeneinander aufgereiht
keiner noch hatte sich ähnliches herausgenommen
ebensowenig wie die fünfzehn f auf der anderen Seite
ein Rekord an musikalischer Gewalttätigkeit
den zu überbieten
der Komponist sich vorbehielt
Extreme brauchten einander
Stummheit verlangte nach dem Schrei
was dazwischen lag zählte nicht
Mittelfeld Vermittlung Mittelmaß
ein warmer Platz hinterm Ofen
kein Schauplatz für die Zerreißprobe
von Zartheit und Grausamkeit
der er ausgesetzt war
ein Gigant des Standhaltens
bis zu dem Tag
an dem die Unhörbarkeit der Musik
und der Verlust des Gehörs
ineinanderstürzen würden
in absolute Stille

Nur kein Aufsehen erregen
Noch nicht kalt geworden
lag die Leiche vor ihm
die Würgespuren sichtbar
unter den hundeartigen Ohren
Niemand war in der Garderobe
Wie das Geschöpf wohl hereingekommen war
um ihm hinter seinem Mantel aufzulauern
Ein schöner Schreck
als er es schnaubend vor sich sah
halb Mensch halb Tier
in ungewohnter Mischung
weder Kentaur noch Harpyie
Schuppen Federn Zotteln zartrosa Haut
alles durcheinander
eine Nase wie ein Ameisenbär
das erste was er zu fassen bekam
drei Beine tatsächlich
zwei vorne eins als Rückenstütze
Damenbeine mit Stöckelschuhen
auch sonst einige menschliche Züge
Mund und Auge vor allem
bösartig
aber nicht ohne Lachfältchen
ein durchaus männlicher Schnurrbart
das Geschlecht des Wesens war nicht mit Sicherheit
auszumachen

darauf konnte er sich jetzt nicht einlassen
er mußte sehen daß er fortkam
bevor die anderen Satyrn
ihn vermissen würden
und Alarm schlugen

Schlimmer hätte es kaum kommen können
Erst verschwanden die Silberlöffel
Dann fiel das große Familienbild von der Wand
Dann regnete es durchs Dach auf den Großvater
Dann vergaß Amalie sich mit dem Chauffeur
Dann fanden wir die Klavierlehrerin
stocksteif unterm Konzertflügel
Dann ruckelte das Auto und blieb stehen
Die Spielzeugeisenbahn entgleiste
Die Hühner machten den letzten Mucks
Alle Glühbirnen zerplatzten
Jemand fing an Posaune zu blasen
Das ging nun wirklich zu weit

Als das Kind mit dem Bade ausgegossen wurde
mußte es zuerst einmal fürchterlich husten
wobei das Wasser in Stößen aus seinem Hals
herraussprang
Sodann bedeutete es seinen Eltern
während es sich mit einem Badetuch trockenrieb
der von ihnen an den Tag gelegte Übereifer
verrate mangelnde Besonnenheit
die wiederum den Hang zur Überstürzung nach
sich ziehe
eine Disposition
die
wenn nicht auf Ich-Schwäche
so gewiß auf Cäsarenwahn zurückzuführen sei
Zudem wäre neben der Neigung
sich Ideen zu überantworten
der Verdacht des Sadismus zu konstatieren
Die Handlung des Ausgießens zeige fernerhin
das Vorhandensein unerfüllter Wünsche an
Dennoch
trage das Kind seinen Erzeugern nichts nach
es sei sich der Tatsache
ihren Zustand mit verschuldet zu haben
hinreichend bewußt
überdies dankbar für den
allerdings etwas unsanften

Hinweis darauf
daß die Zeit des Abnabelns gekommen sei
Seine Platzwunden und blauen Flecken
so schloß das Kind seine Ansprache
werde es
unter dem Matrosenanzug verborgen
als Embleme künftiger Freiheit
mit sich herumtragen

Der Affe
der sich jedes Jahr zu Weihnachten
bei uns nützlich machte
er gehörte schon fast zur Familie
Im Zweireiher kam er an
legte Holzscheite auf den Kamin
schmückte den Weihnachtsbaum
trug Speisen auf
auch singen hatte er gelernt
Stille Nacht sang er mit Gefühl
nur beim Lachen
war er seiner Sache nicht sicher
in den feierlichsten Momenten
fing er an zu meckern
oder keckern
bis ihn ein erstaunter Blick meiner Mutter traf
dann griff er schnell nach der Champagnerflasche
und schenkte die Gläser voll
Am zweiten Feiertag
holte ihn wie immer der Wärter
Gerührt umarmten wir uns
bevor er mit Stock und Hut
im Wagen Platz nahm
ein gepflegter Passagier
ein guter Affe
den nachzuäffen
uns die Mutter auftrug

Im Streit der Bärtigen mit den Bartlosen
bemühen sich die Bärtigen
den Bartlosen Bärte umzuhängen
während die Bartlosen ihrerseits versuchen
mit Hilfe langer Scheren
den Bärtigen
ihre Bärte abzuschneiden
Die unverhüllte Schaustellung des Gesichts
ist allen Bärtigen zuwider
das Verschwinden des Gesichts hinter der
Haartracht
allen Bartlosen grundsätzlich verhaßt
Seit der Erschaffung des Menschen
so verkünden die Bärtigen
diene der Bartwuchs
ausdrücklich der Verhüllung von Blößen
zu denen das Gesicht
fraglos zu zählen sei
Der Anstand gebiete es
die Gesichter der Mitbürger
schonend hinter Bärten zu verbergen
Weit gefehlt
erwidern die Bartlosen
die Entblößung der Physiognomie
befreie die Welt von Trug und Täuschung
Bartlos

stünde das Gesicht für sich selbst ein
mutig gebe es seine Züge preis
ein Altar der Aufrichtigkeit
dem die Herzen entgegenschlügen
Im Verlauf der Kampfhandlungen
haben sich die Fronten
neuerdings verhärtet
Man hört von Bärten aus Roßhaar
mit Tischlerleim den Bartlosen aufgekleistert
Kein Wunder
daß die Gegenseite sich dazu entschlossen hat
den Bärtigen
ihre Bärte kurzerhand auszureißen
Der Fortgang der Feindseligkeiten
wird von allen Barbieren und Haarkünstlern
mit Spannung verfolgt

Anläßlich der Jahressitzung des Ambivalenz-
vereins
versammelten sich dessen Mitglieder
im Helldunkel ihrer Klubräume
und schlürften
wenn sie nicht gerade vor Freude weinten
oder vor Kummer laut auflachten
die an diesem Ort zu Gebote stehenden
trockenen Getränke
Soeben war im Wettstreit oxymoronischer
Kunstschöpfungen
die Entscheidung gefallen
Mit einer an Shakespeare gemahnenden Wortmacht
hatte der stellungslose Küchenchef Joseph Maria
Steinfraß
die Süße des Salzes besungen
Ihm hart auf den Fersen
folgte Oskar Zäzilia Strampelpflug
Oberspielleiter der vereinigten Volksbühnen
dessen gedankenreiche Darstellung der Zauberflöte
Sarastros Sonnentempel
zugleich als eine von Fledermäusen durchflauste
Katakombe
neu zu deuten wußte
Einen ehrenvollen dritten Platz
erreichte die Tierbändigerin Brenzel-Friesel

welcher es
nach jahrzehntelangen autohypnotischen
Anstrengungen
gelungen war
sich innerlich und äußerlich zu halbieren
Man sah sie als mild lächelnde Löwin (oben)
beziehungsweise Kindfrau (weiter unten)
seltsam verquickt dastehen
Nach der Preisverleihung
widmete sich das Ehrenkomitee
mit widerwilligem Eifer
der Planung des Tages der Eindeutigkeiten
eines rahmensprengenden Ereignisses
dessen Durchführung als Masken- und Kostümfest
zögernd voranzutreiben war

Mein Zwillingsbruder
wenn ich einen hätte
eineiig
oder einen Doppelgänger
zum Verwechseln ähnlich
        mein Zwilling oder Doppelgänger also
könnte mir das Leben erleichtern
als Stuntman in schwierigen Situationen
vor den Fernsehkameras souverän scherzend
Luftzüge mannhaft ertragend
Bücher schleppend kochend
Klavier übend
        Dafür dürfte er
Applaus entgegennehmen
Titel Orden Medaillen einheimsen
auf der Straße erkannt werden
mit Damen schäkern
schüchtern lächeln
oder gesunden Optimismus ausstrahlen
        Allerdings
müßte man ihn bei Laune halten
er könnte sonst
auf falsche Gedanken kommen
meine Socken stehlen
mein Konto überziehen
Geheimnisse ausplaudern

oder gar
Beethoven-Sonaten spielen

das wäre ja noch schöner
da müßte ja unsereiner
sofort
        einpacken und zusperren

Glaubst du so hast du
sprach Luther
Als Ferdinand dieses vernahm
begann er sogleich sich zu fragen
woran wohl zu glauben sich lohne
denn haben wollte er gerne
An Gott oder Götter
das war nicht leicht zu entscheiden
zumal man nie genau wußte
wo sie zu finden seien
Vernunft
wer vernünftig ist glaubt nicht
Fortschritt
ein Glaubensartikel für Knaben
das Gute
dem Skeptiker besser zu Diensten
Liebe
da wären Himmel und Hölle
miteinzuschließen was ihm nicht frommte
Blieb noch die Seelen-
wanderung Darin
konnte man guten Gewissens verweilen
träumend in dunkler Erinnerung
an Schafe Gazellen und Affen
Derwische Huren Despoten
Kinder Engel ja selbst das Einhorn
Ferdinand dahastuwas

Klein angefangen
wie die anderen
langsam millimeterweise
größer geworden
verwöhnt
auf den Kopf getätschelt
die üblichen Kosenamen
inzwischen
stößt es an die Decke
geht gekrümmt durch den Türrahmen
jetzt kriecht es nur mehr
auf allen vieren
durch die Straßen von Hampstead
fauchend
Passanten fressend
oder durchpflügt
gewaltige Wellen schlagend
den Teich
Vielleicht schrumpft es irgendwann
und kehrt
mit schlotternder Haut
zurück ins Haus
maßstabgerecht

Leider vergeht sie
die Zeit
warum friert sie uns nicht ein
im Tiefkühlfach
oder befördert uns zurück
ins Alter der Dummheiten
noch besser
auf den Arm der Mutter
am allerbesten vielleicht
ins Nichtsein
das jedoch
auch in der anderen Richtung
zu erreichen wäre

Seht
da hüpfelt er wieder
ungraziös
aber mit allen Anzeichen des Vergnügens
auf einem Bein
das andere krampfhaft angezogen
während seine Hände heftig schlenkern
als seien sie naß geworden
und schüttelten das Wasser ab
Ob er weiß
daß er hüpfelt
wenn er sich freut
wie ein kleiner Junge
und dazu
mit den Armen flattert
ein nervöser Vogel
beflügelt
von Zwängen der Genugtuung
eine Vogelscheuche
selbst aufgescheucht
in hölzerner Ekstase
bis das Hüpfelbein
plötzlich zu schmerzen beginnt
und der Tanz
ein jähes ungeschicktes
Ende findet
auf schwankendem Grund

Als der Dadaist in den Spiegel blickte
sah er darin die schönsten Widersprüche
sich selbst und sein Gegenteil
Albernheit und Methode
Sinn im Unsinn
Grazie Anarchie
ein Stück Welt
zugleich absolut gar nichts
Es zeigten sich im Spiegelbild
Frauen Kinder ein Schaf
Beethoven mit Schnurrbart
selbst das Jesulein hatte einen Auftritt
mit herausgestreckter Zunge natürlich
Das alles überraschte ihn nicht
er wußte daß er schwebte
wie man im Traum über Treppen schwebt
oder wenigstens balancierte
komische Verwünschungen ausstoßend
lachend mit ernsten Augen
zierlich heulend
Ob die Widersprüche verschwanden
wenn man lang genug in ihrer Mitte
auf einem Bein tanzend
ausharrte

Störendes Lachen während des Jaworts

Neue Texte

Man könnte sich hinstellen
den linken Fuß etwas voran
ernst aber locker
ein Mann in reiferen Jahren
nichts beweisen wollend
weder anmaßend noch unterwürfig
und darauf warten
daß die Leute still dasäßen
still und neugierig
bevor man zu lachen anfängt
explosionsartig
bis jemand mitlacht
oder
in ernsthaften Ländern wie Italien
vornehm den Kopf schüttelt

Man könnte dann
einen Feuerwehrschlauch
auf die erste Reihe richten
sofern man es
nach einer höflichen Verbeugung
nicht vorzöge
etwas von Brom Brehm Brums
nein Brahms zu spielen
strukturell durchleuchtet
zugleich eine Handvoll Mäuse loslassen

damit die Damen
blitzschnell ihre Stühle erkletterten
piepsten
und ihre Kleidchen
bis zum Gesicht hochhöben
was die Mäuse jedesmal dermaßen verwirrt
daß sie glatt an den Damen vorbeilaufen

Man verlasse den Saal
über die Lieferantentreppe
bewehrt mit Bart und Zigarre
und schreibe
von Autogrammjägern umringt
im Kaffeehaus
Ergebenst Ihr Brahms
auf Servietten und Taschentücher
Manschetten und Handrücken
auf Ohrläppchen einfach Brms

Als ihm das Große Kaninchen erschien
saß er lustlos beim Mittagessen
angewidert zählte er die Erbsen
da stand es vor ihm
unnatürlich leuchtend
Zwischen den Pfoten
hielt es eine Rübe
es mümmelte
bevor es sprach
schwer verständlich
Kaninchendeutsch
doch die Botschaft war deutlich genug
sie drang bis ins Zwerchfell
vor Freude mußte er lachen
so einfach war das alles
einfach
wenn man SAH
und WUSSTE
Auf den Knien liegend
spürte er
wie etwas sein Haupt berührte
das mußte die Rübe sein
die ihn zum Ritter schlug
zum Meister des Rübenordens
Als er aufblickte
fand er sich allein mit seinem Bier

Aufatmend nahm er einen Schluck
und mümmelte
während seine Ohren
immer steiler in die Luft ragten

Wenn Emil mich heimsucht
wird er schnell hungrig
Schon während er die ersten Zeilen diktiert
wandert sein Blick in meine Richtung
Er lächelt entschuldigend
ehe er zubeißt
Emil hat spitze Zähne
In den Freßpausen
diktiert er weiter
manchmal schweift er ab
und zeigt sein dunkelrotes Gebiß
bevor er wieder
zischend in mich eintaucht

Gustav ist gut
das weiß heute jedes Kind
selbst wenn er Fürchterliches anstellt
hört er nicht auf uns zu lieben

Gustav kann was er will
sowie ihm etwas einfällt
schnalzt er bloß mit den Fingern
schon ist es geschehen

Gustav spielt mit uns
am liebsten spielt er Verstecken
wenn man ihn nicht sucht
ärgert er sich

Komponieren kann der Gustav
uns mit der Ewigkeit anwehen
darin kennt er sich aus
Symphonien mit Schlußchor
da weiß er wo Gott wohnt

Die Sache mit Gustav ist die
daß man nicht schlecht von ihm reden darf
Gustav ist nachtragend
sein Zorn ist berühmt

und alle kleinen Gustavs
sind schnell dabei ihren Arm zu heben

manchmal schlagen sie zu

Lachend
sprang er aus dem Leib der Mutter
zum Gaudium der Hebamme
die ihn in der Luft auffing
Lachend durcheilte er Schulklassen und Kasernen
durchpflügte er den Krieg
Lachend liebten ihn die Frauen
wenn er mit seinen Purzelbäumen auf sie zuschoß
Lachend unterwarf er sich das Land
wobei sich ein sardonischer Ton
in sein Gelächter einschlich
Als auf seinen Lippen
unversehens das Lachen erstarb
rebellierte das Volk
Allzugern hätte man ihn
lachend sterben gesehn

In einem einzigen Punkt
entsprachen sich die Angaben
in der Schilderung des kleinen
unbehaarten Schwanzes nämlich
der sich je nach Wetter- und Seelenlage
schlenkernd peitschend oder freundlich eingeringelt
den Blicken darbot
Im übrigen
gingen die Beschreibungen
bedenklich auseinander
Figur
semmel- oder salzstangenhaft
Augen
treublickend blau oder grünlich schielend
Haare
schwarzglänzend feuerrot bzw. keine
Beschäftigung
bankrotter Religionsstifter
medienflüchtiger Dichter
vielleicht auch
vielbewunderter Terrorist aus Großserbien
dessen erklärte Absicht
sämtliche Journalisten in die Luft zu sprengen
noch kürzlich die Redaktionen erschütterte
Die Verbuchung besonderer Kennzeichen
wie Hasenscharte Buckel oder Klumpfuß

schien auf die Person des Leibhaftigen hinzudeuten
ein Verdacht
den die Polizeibehörde zum Anlaß nahm
ihre Ermittlungen einzustellen

Es gibt diese kleinen Maler
auch Kleinmaler genannt
die wissen
daß Gott im Detail wohnt
Selbst wenn ihre Bilder noch so groß sind
ja ganze Wände bedecken
lassen sie kein einziges Haar aus
Jeder Karpfen im Karpfenteich
wird zur höheren Ehre des Allmächtigen
bis in den kleinsten Kiemen
dem Auge aufgeblättert
Mit aufgerissenem Mund
werden die Leute dargestellt
damit jeder einzelne Zahn
oder Zahnstumpf
zu seinem Recht kommt
samt den Speiseresten
die den Zahnhals verzieren
Die fernsten Alpinisten
werden
winzig zwar
aber greifbar wie Zinnsoldaten
auf die Bergwand gezaubert
Alles was man nicht sehen kann
aber gerne sehen würde
wenn man das Bedürfnis hätte es wahrzunehmen

wird mit spitzen Pinseln
dem Betrachter eingepinselt
Nicht auszudenken
wie Gott aus den Details
in denen er steckt
jemals wieder herausfinden soll

Nicht Freunde diese Töne
rief der Kapellmeister dem unrein spielenden
Orchester zu
und assoziierte damit
während er weiterdirigierte
unvermutet das Bild einer Frau
die sich im Bade
mit schöner Selbstverständlichkeit
der Säuberung ihres Körpers hingab
elastisch schimmernd unter dem Wasserstrahl

Man muß ganz still sitzen
um das Gras wachsen zu hören
Nicht jeder weiß was das heißt
still sein
ruhig atmen
weder schnaufen noch röcheln
nichts rühren
nur ganz vorsichtig die große Zehe bewegen
nichts fallen lassen
auf keinen Fall reden
nicht einmal flüstern
um Gottes willen nicht husten
an nichts und alles denken
Sehen kann man es zwar nicht
aber hören
wenn man lauscht
eine kleine Grasmusik
Plötzlich weiß man
was passieren wird
man ahnt das Kommende
Nur noch ein wenig Geduld
dann erfährt man
die Börsenkurse von übermorgen

Als den Milchtränen der Madonna
das Lachen der Kühe nachfolgte
begann es selbst den schlichtesten Gemütern zu
dämmern
daß zwischen Himmel und Erde
einiges durcheinandergeraten war

In der Folge
paarten Kaninchen sich mit Ratten
das Lamm Gottes bekam den Drehwurm
Hunde krähten
und alle kleinen und mittleren Hühner
fraßen Rühreier bis sie ausstarben

Von der Schulweisheit im Stich gelassen
bauten sich die Menschen einen großen Turm
in dem sie heute noch sitzen
und nichts anderes tun
als sündenbabeln

Sie werden es mir niemals verzeihen
aber die Vorstellung
sämtliche Festgäste würden sich
mit Umhängebärten -bäuchen oder -nasen
ausgestattet
vor dem Weihnachtsbaum einfinden
hilft mir über die Feiertage

Etwas verlegen stünden sie da
zum Lachen ernst
sodaß man Lust bekäme
eine der Gumminasen zu fassen
bis sie wieder ins Gesicht zurückschnellte
oder den Zylinderhut des Großonkels
über dessen feierliche Ohren zu treiben

Bösartig zerstrittenen Familien
verordne ich Gasmasken oder Taucherbrillen
durchs Visier beäugt man sich
zum Verwechseln ähnlich
im Nu gehört man zusammen
zieht am gleichen Strick
Man muß sich ja nicht unbedingt um den Hals
fallen

Sich mit anderen Menschen einzulassen
ist keineswegs ungefährlich
Kaum legt man die Hand auf eine Dame
ist sie verschwunden
und taucht im Traum wieder auf
schräg auf dem Sofa liegend
mit Beißzangen statt Zähnen
und hundertfältig geschnürten Stiefeln
die aufzuschnüren ich mich verzweifelt abmühe
wobei aus dem Mund der nächtlichen Erscheinung
zunächst kaum hörbar
dann immer deutlicher
eine lückenlose Aufmahnung
sämtlicher falscher Noten meines letzten
Konzertauftritts
in mein Ohr sickert
Schweißgebadet beschließe ich
fortan
zwischen Lämmern und Kohlköpfen
der Welt zu entsagen
als Maronibrater im südslawischen Karst
unterzutauchen
oder zumindest
eine Baumsäge unterm Arm
alle morsch gewordenen Klaviere der
brasilianischen Tropen

in Kleinholz zu verwandeln
So konnte es jedenfalls nicht weitergehen

Pflichtbewußte Nägel
wollen auf den Kopf getroffen werden
Ambosse sind sie der Unverblümtheit
Märtyrer des pünktlich versetzten Hiebes
Heroen im Dienste von Kühnheit und Kürze
harte Plattköpfe dennoch
deren Schadenfreude keine Grenzen kennt
wenn der verwegene Aphoristiker
sein Ziel verfehlend
mit dem Hammer die eigenen Finger breitschlägt

Sie sind doch Woody Allen
sagt plötzlich jemand neben mir
eine Frau mit einem krummen Zahn

Nicht daß ich wüßte
sage ich
und mache mich unwillkürlich etwas kleiner
mein Name ist Karl der Große

Unsinn sagt die Frau
und schiebt sich immer näher an mich heran
Mir machen Sie nichts vor

Also wenn Sie meinen
sage ich
und fühle wie ich weiterschrumpfe

bis ich so klein bin
daß sie mich
samt meiner Klarinette
in ihrer Einkaufstasche davonträgt

Was immer er fühlte dachte oder tat
ob er nun schwitzte oder fror
die Hände rang oder vor Begeisterung fieberte
ob er Orangen schälte
oder sich mit Adelheid der Lust ergab
stets fand er nur das eine zu sagen
ein Wort das alles umschloß
Bibliotheken ersetzte
einfach und kraftvoll
unvermutet und doch zwingend
Das Wort war Kleister
Dieses Kleister genügte vollauf
In die Breite zu reden
entsprach nicht seiner Art
Auf den genauen Punkt kam es an
Dieser Punkt war Kleister
Schon als Kind
von der Lehrerin aufgerufen
hörte er sich mit fester Stimme Kleister sagen
obwohl er Müller hieß
Im Beichtstuhl flüsterte er Kleister
was ihm siebzehn Vaterunser eintrug
Daß er beim Wandern kleisterte
statt zu müllern
wird uns kaum mehr verwundern
Bald eilten die Kellner mit der Rechnung herbei

wenn er Kleister rief
Inzwischen kleistern sie alle
selbst Parlamentarier
benützen das Wort wie eine Keule
stehen auf
brüllen Kleister
und setzen sich wieder
stolz auf das Gesagte
Da es nun so oft gesagt worden ist
erhebt sich die Frage
wozu man überhaupt noch Kleister sagen soll
zumal sich einsilbige Lösungen wie Murz
oder Crv
ein reizvoller kroatischer Vorschlag
langsam in den Vordergrund schieben
Wer einen Schritt weitergehen will
könnte in ein Trappistenkloster eintreten
oder als freiwilliges Mitglied des Bundes
sprachloser Politiker
die kommenden Jahrzehnte völliger Verstummung
einläuten helfen
denn Glocken wird es ja wohl noch geben dürfen

Verzweifelt sah er auf die Uhr
wo Johanna nur blieb
in fünf Minuten begann
wie er aus bester Quelle wußte
der Weltuntergang
ein Spektakel
dem er sich allein nicht gewachsen fühlte
Gewiß stand sie vor dem Spiegel
und malte sich die Augenränder schwarz
stieg aus einem Schuh in den anderen
oder wühlte im Modeschmuck
Der Himmel vor seinen Augen glänzte gelblich
kleine Rauchwolken erschienen
während es unter seinen Füßen verdächtig knisterte
Ein nicht allzu lauter Knall drang an sein Ohr
bevor er in Ohnmacht fiel
Als er aufwachte
bespritzte ihn jemand mit Wasser
Die Welt war noch da
Johanna trug einen riesigen Hut
öffnete die Tür zur Terrasse
und sagte
War das alles

Wie er wächst und wächst
der komische Kleine
bis er so lang geworden ist wie ein Elefantenrüssel
Nach Elefantenart
greift er nun aus
streckt sich den Passanten entgegen
bettelnd
oder besprüht sie wie ein Gartenschlauch
Dann trompetet er fröhlich
holt ein gestrandetes Auto aus dem Graben
hilft Kindern über die Straße
und stiehlt dabei den Damen ihre Handtaschen
wohl wissend
daß Damen stets etwas Schokolade mit sich
herumtragen
Braunverschmiert und schmatzend
kauert er sich dann zusammen
und schläft
unsichtbar geworden
einen traumlosen Schlaf

Und wiederum
hatte der Herr der Heerscharen
einen menschenfreundlichen Tag zu verzeichnen
drei Religionskriege vom Zaun gebrochen
etliche Wirbelstürme entbunden
eine neue Seuche kreiert
Utopien in die Seelen gepflanzt
ungezählte Kinder erfolgreich zu Schaden gebracht
da konnte man sich
als Fürst der Welt
eine Sekunde Ruhe gönnen
etwas Lyrisches tun
den Blick dieses Mannes auf jene Frau lenken
hinter ihren Brüsten das Herz sichtbar machen
im Herzschlag Angst und Verlangen mobilisieren
ein kleines Höllenfeuer schüren

Wie sie ihn anhimmelten
die beiden

Als es erwachte
lag das Kamel auf dem Rücken
Das soll wohl ein Scherz sein
Wann
so frage ich Sie
hat ein Kamel
sich jemals schon
auf den Rücken gelegt
Sie haben es erraten
Die Höcker waren weg
Stehend
äugte es hinter sich
nichts wogte dort
nur sein Selbstverständnis wankte
Ohne Wülste
wo gehörte man da hin
war man da
noch Kamel
oder bereits Pferd
Seinen Auftritt in Aida
konnte es jedenfalls vergessen
es sei denn
sie banden ihm zwei Säcke obenauf
Vielleicht verdingte es sich als Roß
sattelte um auf Die Walküre
ein dickes Weib auf dem Rücken
Wenn nichts mehr ging

blieb immer noch das Nadelöhr
eine schwierige Nummer wäre das allerdings
Da müßte man ausgiebig fasten
dünner und flacher werden
und den linken Fuß in der Luft zwirbeln
damit er beim Einfädeln
die Öffnung nicht verfehlte

Wenn man so dasitzt
erwartungsvoll
mit schlaffen Armen
den Mund leicht geöffnet
damit
was immer aus dem Inneren hinauswill
seinen Weg nach außen findet
wenn man spürt
daß die Kinnlade sich lockert
der Gaumen auskühlt und austrocknet
bis der erste Schnarchton
kurz und leise
den Rachen verläßt
wenn man sich weit zurücklehnt
wie beim Gurgeln
und alle Wünsche vergißt

dann kommt das Spruchband aus dem Hals heraus
wie in den Comics die Blasen
und bauscht sich in der Luft
Man muß es
beim Aufwachen
nur herunterholen
glattstreichen
und an die Wand heften

Mit steinernem Gesicht durch die Menschen
gehen
lohnt die Mühe
Ehe man sich versieht
ist man der Realität entrückt wie ein Denkmal
Kein Zucken um die Mundwinkel
kein Augenzwinkern
prüfendes Vorstülpen der Lippen
oder mokantes Stirnrunzeln
verunstaltet die wetterfeste Oberfläche
Kein Lächeln des Wiedererkennens
erfreut den herbeieilenden Passanten mit der
ausgestreckten Hand
Wie in den Gasthöfen die Kellner
blicken wir an ihm vorbei
oder durch ihn hindurch
bis er seine Hand verwirrt zurückzieht
und auf jemand anderen zueilt
Zu Hause entspannen wir uns
gleiten in Tanzschritten über den Boden
und schneiden Grimassen
bis die Gesichtsmuskeln erschlaffen
und Müdigkeit uns überwältigt

Der Mann da vorne
der sich ständig kratzt
ist er wirklich gekommen
um Adalbert Brennessel zu hören
den größten Falsettisten beiderlei Geschlechts
unseren Adalbert
auch Albino genannt
weil er rote Augen hat

Wenn er uns ansieht
der Adalbert
dringt sein Blick in uns hinein
irgendwohin zwischen Herz und Mark
und bleibt dort sitzen
brennend und fressend
Aber wir sind ja auch da
um seine jaulenden Portamenti zu hören
seine Sechzehntel
die er mit der Erbarmungslosigkeit eines
Trommelfeuers auf uns abschießt
sein mezza voce
bei dem er beide Augen zudrückt

Wenn er sie wieder aufmacht
rieselt es durch uns hindurch
Jetzt richtet er seinen Blick auf den Mann

den da vorne
dessen Gesicht rot und röter wird
während der Ärmste
sich unentwegt kratzend
unter seinen Sitz kriecht
gebrandmarkt für immer

Ängstlich verstummen die Leute
wenn Theodor
in seinem altmodischen weißen Nachthemd
mit ausgestreckten Armen das Dach besteigt
in den Händen eine große graue Maus
ein Stofftier vielleicht
das ihn
wie ein geheimer unwiderstehlicher Motor
hinter sich herzieht

Wo sie wohl hinstrebt die Maus
mit ihrem Theodor
der in schöner Vorsicht seine Schritte setzt
erleuchtet vom Mond
und seiner Maus vertraut
die ihn beschützt wenn er Schutz braucht

Ob ihn sein Mäuseengel ins Haus zurücklotst
ehe die schwarze Wolke dort oben
das Mondlicht unter seinen Füßen wegzieht
und die Finsternis
ihm die Augen öffnet

Als er die Einladung
den Othello zu spielen
in der Hand hielt
spürte er ein leichtes Zittern
Einen Grund mußte das ja haben
Schließlich hatte er es schwarz auf weiß
An den Othello hätte er nie gedacht
Eifersucht kannte er nicht
Mohren erfüllten ihn mit Mißtrauen
Venedig haßte er
ein lautes Wort
hatte er noch nie gesprochen
Andererseits konnte man nicht nein sagen
Eine solche Chance kam nie wieder
Jutta Lampe als Desdemona
war natürlich das Feinste
und Romuald Malkovich als Jago
könnte man hinnehmen
Nun galt es sich zu beweisen
Wie man das wohl anstellte
zu brüllen
mit den Augen zu rollen
nicht zu schwäbeln
Mordlust zu entwickeln
deutlich zu flüstern
überhaupt *ganz vorne* zu sprechen

Morgen früh
während das Badewasser einlief
würde er deklamieren wie Demosthenes
obwohl er nicht stotterte
Um den Küchentisch würde er schlingern
weil Mohren schlingern
anschließend
vor dem Spiegel
einen schwarzen Strumpf übers Gesicht ziehen
wie ein Einbrecher
Ob schwarze Einbrecher
rosa Strümpfe benützten
Einen schwarzen Strumpf also
mit Löchern für die Augen
in denen vor allem
das Weiße herauszukehren wäre
Ein recht stumpfes Schwert
wäre zu finden
Juttas Foto
an den Spiegel zu heften
Ob die Lampe tatsächlich
rote Haare hatte
Wenn sie so vor einem dastand
das zarte Wesen
oder kniete
betend

konnte man dann
als nobler Mensch
brutal
wegen eines Taschentuchs
das Messer in sie hineinrennen
wenn auch nur scheinbar
Natürlich würde es Neider geben
seine Kollegen in der Firma
aber auch Bruno Ganz Holtzmann
oder diesen Brandauer
Denen mußte er es zeigen
Da gab es kein Zurück
Er würde rasen
wie Holtzmann noch nie gerast hatte
und zugleich so edel sein
daß Bruno Ganz ihn
als Bruder in die Arme schlösse
Mit den Nasenflügeln würde er vibrieren
wie weder Brandauer noch Malkovich
je zu vibrieren wußten
Jutta Lampe würde er Rosen schicken
täglich zweimal
das war noch das mindeste
wenn man jemand ständig umbrachte
Seine bessere Hälfte würde staunen
wenn er sie

heute abend
probeweise
mit einem Kissen erstickte

Das Einmaleins
ist nicht leicht zu erlernen
solange die Ziffer 2
sich wie eine 7 aufführt
die 6
zeitweise kopfstehend
der 9 das Wasser abgräbt
und die Rundungen der Dreier und Achter
nahezu identisch gebauscht
das Auge verwirren
Mit den verbliebenen Vierern Fünfern und Einsern
ist kein Staat zu machen
bestenfalls ein numerisches Krähwinkel
oder eine arithmetische Bananenrepublik
denn wir dürfen die Nullen nicht vergessen
die länglich und bananenhaft
wie gezogene Säbel
das Papier bevölkern
hellgelb koloriert

Nein
läßt sich schwer widerlegen
es trotzt den unverschämten Göttern
zieht Grenzen
ist streitbar vernünftig

Wenn es sich in die Brust wirft
das Nein
kokett wird
den Aufstand befiehlt
wollen wir dieses Nein nicht bejahen
ein Nein stehe gegen das andere
das genaue Nein gegen das ungenaue

Mit dem Ja
seien wir sparsam
freundlich zögernd
man muß es drehen und wenden
wenn es uns überwältigt
löscht es uns aus

Es gibt Ideen
die sich mit der Geschwindigkeit von Seerosen
verbreiten
aber Seerosen bleiben immer Seerosen
Ideen jedoch
verschmutzen verwittern bleichen aus
wie Spiegel
die ihre Sehkraft verlieren
bis sie erblinden

Andere klammern sich ans Überleben
sind wechselhaft wie Aprilwetter
schielen in alle Richtungen zugleich

Dann noch die gefährlichsten
die unablässig das Auge blenden
Menschen verschlingend

Der Fensterlputzer
sprach zum Dacherldecker
Wenn erst der Rauchfängleinkehrer da ist
dann wird dir
auf deinem Dacherl da oben
schon noch das Lachen vergehen
Worauf der Dacherldecker
ein Ziegelein fallen ließ
genau auf das Kopferl
des Fensterputzerls
welch letzterer
vor lauter Überraschung
kein Muckserl
oder Mückslein
mehr hervorbrachte

Ob man lachen darf
lachen oder kichern
worüber
bei welcher Gelegenheit
etwa bei Begräbnissen
das wäre falsch
und geschmacklos
bei Staatsakten
Fastenpredigten
kaum ein Lächeln
beim Liebesakt
das geht ja gar nicht
entweder man lacht
oder man liebt

Komisch muß etwas sein
dann lache man

aber wie man lacht
das Wie des Lachens
ist wichtig
ausschlaggebend
eine ganze Lachskala
ist da zu entfalten
unterdrückt bis dröhnend
manchmal hämisch

aber immer herzlich

Rücksichtsvoll sei das Lachen
weder schrill noch schnarchend
verlegen
das macht sich gut
bei einer Dummheit ertappt werden
sich geschickt herauslachen
wirkt entwaffnend

Man muß es richtig dosieren
das Lachen
vom einzelnen knappen ha
bis zu Lachsalven Lachtränen Lachkoloraturen
Nur albern darf es nicht sein
da hüte man sich
wer nähme einen da noch ernst
da würde man ja
ausgelacht

Wenn die Engel kommen
erzählen sie gerne Geschichten
etwas ungereimt freilich
Engel lieben Unsinn
informieren uns über Gott und die Schöpfung
alles frei erfunden
sehen aus wie Paradiesvögel
oder junge Propheten
oder schöne geflügelte Damen
flatterhaft
aber immer mit dieser Aura nobler Unschuld
selbst wenn sie uns bedrängen
uns mit ihren Flügeln zudecken
den Himmel öffnen
Müttern erscheinen sie als Putten
werden geherzt
und entfleuchen wieder
Auf Denkmälern sitzend
putzen sie sich
wie die Schwalben

Als die alte Dame
das Huhn zum erstenmal mit ins Bett nahm
dachte sie sich nichts Besonderes dabei

Es war kühler geworden
und das Huhn
von Natur aus freundlich
kroch unter die Decke

Eigentlich sah die alte Dame aus wie ein Huhn
Wie Hühner sprach sie ihre Sätze nie zu Ende
scharrte mit den Füßen
oder brütete vor sich hin

Nur eines ahnte sie nicht
Das Huhn
das neben ihr im Bett lag
war ein lebhaftes Huhn
gackerte im Schlaf
flog im Zimmer herum wenn es träumte
ängstlich flatternd
und rupfte sich dabei ein paar Federn aus
Dann plumpste es wieder aufs Bett zurück
kletterte auf ein Kissen
und legte ein Ei

Nach getaner Arbeit
schnarchte es
wie nur Hühner schnarchen
die mit sich zufrieden sind

Im Morgengrauen
krähte die alte Dame
nett wie sie war
damit das Huhn sich wie zu Hause fühlte

Neuerdings
sieht man sie beide
auf dem Hühnerhof
mit ruckartigen Bewegungen des Kopfes
ihre Körner picken
oder vor dem Hahn
laut schreiend
davonlaufen

Mit einer in der Geschichte des Kunsttourismus
beispiellosen Beharrlichkeit
entzieht sich die letzte unentdeckte romanische
Landkirche
auch weiterhin dem Zugriff der Reisenden
In einer Bergschlucht des Unteroberallgäus
bietet sie
als Brauerei getarnt
dem verzweifelt herumirrenden Architekturkenner
kühle Labung
Das Biermaß in der Hand
durchforstet er die Spalten seines Reiseführers
ohne zu ahnen
daß
wenige Armlängen entfernt
die haarsträubendsten Auswüchse mittelalterlicher
Reliefplastik
ungestört dahindämmern
Verborgen hinter Hopfen und Malz
künden die schlummernden Kapitelle
vom Sieg des Unglaubens
schildern erbarmungslos
den Untergang der apostolischen Macht
und illustrieren anschaulich
die Vertilgung hilfloser Heiliger durch Drachen
und Dämonen

Ratlos wandert der Finger des Touristen über die
Landkarte
während sich aus den gespitzten Mäulern der
ehemals gotischen Spundlöcher
glucksend
das Bier der Schaum das Vergessen
in Becher und Krüge ergießt

Als FUFLUNS
der Gott des Entzückens
beschloß
einer ansehnlichen Dame namens Hildegard
seine Aufwartung zu machen
kräuselte sich auf ihren Armen
unverzüglich die Gänsehaut
und kroch
wie eine Ameisenstraße
über Schultern und Hals
bis auf den Kopf hinauf
wo sich das Haar
nach der Art eines Igels einer Drahtbürste oder
eines Besens
um nicht zu sagen
einer Hexe oder der Medusa
prachtvoll sträubte
Zugleich
schnurrte es aus dem Inneren der Dame heraus
wie bei einer Katze einer Nähmaschine oder einer
hydraulischen Pumpe
unterbrochen nur
von freudigen Seufzern
obwohl sich auch Artikulierteres wie FLUNSI
mehrmals unterscheiden ließ
Des weiteren
sah man Hildegard

die Augen in der Manier des italienischen oder
spanischen Seicento verdrehen
und
nach Gewohnheit sich häutender Schlangen oder
indischer Tempeltänzerinnen
ihren Rumpf in elliptische Bewegung versetzen
Leider
wurde zu diesem Zeitpunkt
der erhabene FUFLUNS
von FLAUSIA
der Göttin der Sparsamkeit der Vernunft und des
Hungerleidens
zur Ordnung gerufen
was FUFLUNS
denn er war ihr Gatte
dazu veranlaßte
verärgert
aber mit eingezogenem Kopf
das Weite zu suchen
Heute noch
kann man Hildegard
in Momenten plötzlicher Geistesabwesenheit
dabei ertappen
wie sie ihren Mund trompetenartig vorstülpt
das Wort FLUNSI formend
und dabei die Schultern hochzieht
als hätte etwas Kühles ihren Rücken berührt

Möchten Sie nicht
vielleicht
ein Held sein
Tyrannen trotzen
im Winter
ohne Mantel
freiwillig frieren
im Zirkus Feuer schlucken
ein großes Orchester dirigieren
von innen heraus leuchten
wie Gérard Philipe
dem Schicksal in den Rachen greifen
wie unser Beethoven
im Eheleben ausharren
für eine Wahrheit Sache Idee
unverdrossen sterben
vorher jedoch
möglichst viele andere
zum Tod befördern
als Stylit
auf einer Säule stehen
als Märtyrer
stolz und stoisch
diesem Dasein Adieu sagen
fürs Vaterland
sich schlachten lassen

Ermannen Sie sich
Wir heben Sie auf unseren Schild
tragen Sie spazieren
sorgen für Nachruhm

Eule mit Weule
sagte die Athenerin

Gut Ding braucht Eulen
sagte der Athener

Eulen sind aller Laster Anfang
sagte die Athenerin

Eune Eule kommt selten alleun
versetzte der Athener

Viele Eulen verderben den Brei
rief die Athenerin

Wer andern eine Grube gräbt
murmelte der Athener

ist selbst eine Eule
mit Beule

Große Damen und große Ereignisse
werfen große Schatten voraus

Kleine Damen und kleine Flöhe
sind zugleich klein und hüpfend

Starke Damen und starke Erdbeben
haben Starkes und Wackelndes gemeinsam

Schmale Damen und schmale Kost
sind ebenso schmal wie köstlich

Lange Damen und lange Würmer
gleichen sich dank ihrer Länge

Runde Ostereier
sind nicht einmal rund

Bitte treten Sie ein
Ich kenne Sie zwar nicht
doch der erste Blick den ich auf Sie richte
und noch mehr der zweite
erfüllen mich
trotz Ihrer grünen Haare
mit Wohlgefallen
Ich sehe ein Gesicht
blühend ohne zu strotzen
Mund und Auge in schönem Gleichgewicht
dazu einen Leib
dessen Umrisse
dem darauf sitzenden mediterranen Haupt
auf das angemessenste Genüge tun
nicht ohne Grazie insgesamt
bis auf den
nun tatsächlich strotzenden
Ausbau der oberen Körperregion
dessen Anblick mich
kühn geworden
die Hoffnung aussprechen läßt
es möge mir gestattet sein
das Panorama dieser Hochgebirgslandschaft
unverhüllt zu besichtigen

Irre ich mich
oder bemerke ich in Ihren Augen

den Anflug eines spöttischen Lächelns
während Ihre Finger bereits
überraschend willfährig
am Gewand nesteln
Dinge preisgebend
die kein Sterblicher dort vermutet hätte
einen mythologischen Überfluß an Brüsten
nämlich
der dem Betrachter nun entgegenwuchert
fleischgewordene Parade von Orangen Birnen
Zitronen und Kokosnüssen
immer heftiger aufgestört
ja durcheinandergerüttelt wie eine Obstplantage im
Sturm
dank Ihres grausamen Gelächters
das sich an meiner Verblüffung weidet
mein Entzücken lähmt
mich demütigt
sodaß ich
Ihre Visitenkarte umklammernd
wie versteinert auf diese Pracht starre

In meinem Adreßbuch
verzeichne ich später
noch leicht benommen
CERES

Die Milch der frommen Denkungsart
Hausbesuche nach Bedarf
Mobile Telephone Fax

Am Montag noch
standen sie harmlos ums Haus herum
fraßen Zucker aus der Hand
und entledigten sich unbekümmert ihrer Roßäpfel

Dienstag früh bereits
hörte man sie schnaubend die Treppen auf- und
niedersteigen
Schränke öffnen
und die Leichte Kavallerie auflegen

Am Mittwoch sodann
hockten sie in seiner Küche
erzählten Lipizzanerwitze
und verspeisten seinen Hafer

Als Emil
am folgenden Abend
in seinem Bett ein Fohlen vorfand
wieherte er einmal kurz
flatterte aufs Fensterbrett
und flog
Emil hat Flügel
über Bäume und Dächer davon

Der General ist mein Geliebter
Seine Taschen sind voller Edelsteine
wenn ich einen Goldzahn finde
verzieht er sein Gesicht

Der General ist streng aber gerecht
Zuhause übt er Geige
klopft sich auf den Fettbauch
reicht mir seine Orden zum Spielen

Der General und ich essen Austern
Manchmal plagt ihn der Hexenschuß
dann versäumt er sein Manöver
die Hexe bin ich

Der General kann mehreres zugleich
Während er Geige übt
plant er den nächsten Krieg
Kenner rühmen seinen süßen Ton

Im Paradies angekommen
fragen wir uns
skeptisch bis zum letzten
Was geht hier eigentlich vor
Taube dürfen hier Musik hören
Musiker müssen aufspielen
Stumme haben sprechen gelernt
Redende beginnen zu lallen
Die Lahmen laufen wie die Wiesel
wenn sie nicht in der Luft herumfliegen
Wir Machtlosen bleiben machtlos
etwas elegisch
geben wir uns damit zufrieden
sehen zu wie Häßliche schön werden
Engel
mit geschwärzten Flügeln
vom Himmel fallen
und die Schlange am Baum
uns entgegenzüngelt

Wenn nachts das Gespenst erscheint
und sich ums Klavier herumtreibt
dann wissen wir
Brahms ist gekommen
Das wäre weiter nicht schlimm
wenn nicht dieser Zigarrengeruch
das Musikzimmer tagelang verpesten würde
Schlimmer noch
ist allerdings sein Klavierspiel
Dieses Gewühl durch Akkorde und Doppeloktaven
weckt sogar die Kinder aus ihrem Tiefschlaf
Schon wieder Brahms
heulen sie
und halten sich die Ohren zu
Verstimmt und rauchend
steht der Flügel da
wenn Brahms sich erhebt
Brahms
sagt er mehrmals
mit klagender Tenorstimme
bevor er verschwindet

Mein Name ist Lachmann
Firma Lachmann und Witz
Womit kann ich dienen
Ein Hochzeitslachen
das finden Sie auf Seite 7 der Preisliste
Glückliches Gelächter gehört zum Schwierigsten
nur wenige von uns
treffen da den richtigen Ton
Wenn ich Ihnen vorlachen darf

Gestatten die Frage
ob Sie selbst der Bräutigam
Uh haha
da bin ich aber ins Fettnäpfchen getreten
ich beginne zu begreifen
Störendes Lachen während des Jaworts

Auch darin haben wir Erfahrung
Darf es gellend sein
oder eher sarkastisch
jedenfalls unpassend wir verstehen uns
und kurz
ich rate zur Kürze
etwa folgendermaßen
erlauben Sie mir
ha-ha

Ein unvergeßlicher Eindruck für das Brautpaar
Natürlich fällt das in unseren Sondertarif
Gefahrenzulage Seite 8
Vielleicht könnte mich der Organist mitnehmen
als Umblätterer auf die Empore
ein paar Lacher eventuell schon beim
Hochzeitsmarsch
in die Kirche hinunter

Nein Sie haben ganz recht
das ließe die Katze aus dem Sack
Also Montag 10 Uhr mit Blumenstrauß
Sie können sich auf uns verlassen
Tonband wird nachgeliefert
oder wünschen Sie DAT

Die Auskunft
daß sich in der Tritsch-Tratsch-Polka
einem besonders fröhlichen Musikstück
der Heilige Geist verbirgt
kam für einige von uns
nicht völlig unerwartet
Wir verdanken
die endgültige Aufdeckung dieses Tatbestands
einem gewissen Alois
dessen geschärftes Ohr
im Opus 214 des Walzerkönigs
unmißverständlich Gottes Stimme vernahm
Von Alois angestiftet
bewegen wir uns seither
im Zweitakt der Polka-Schnell
geradeaus auf den Allmächtigen zu
durchqueren kreuzfidel seine achtzehn
oder waren es dreiunddreißig
Himmelskreise
welche sich nun
einer nach dem anderen
vor uns auftun
allen jenen Einlaß gewährend
die dem Alois hinterdreintanzen
gelegentlich durch Ohrfeigen angefeuert
Ohrfeigen der Begeisterung

rechts und links
auch da blieb man im Tritt
oder Tritsch
nichts durfte den Gleichklang stören
man hält beide Wangen hin
dann glühen sie schöner
vielleicht auch noch den Rücken
dem der Alois
tritsch tratsch
mit der Peitsche eins überzieht

(An Klaus Heinrich)

Entgeistert
starrte er aufs Papier
Wo diese Vokabeln nur herkamen
Schleunigst mußte er das Blatt verbergen
vor Elisabeth und der Haushälterin
Im Spiegel sah er sich an
als sähe er sich zum erstenmal
obszön und böse
er mußte sich bessern
jetzt sofort
seine Züge zurechtrücken
ein neues Blatt
weiß und unschuldig
bereitlegen
Etwas Liebes Zartes sollte es diesmal sein
auch das steckte in ihm
Teetassen aus Porzellan
(damit könnte es anfangen)
dazu Mädchen in weiß
unschuldig
wenn auch schon leicht angeheitert
silbernes Lachen
(sagte man das noch)
jetzt nahm die eine schelmisch
(wenn der Ausdruck erlaubt ist)
ein Stück Zitronenkuchen

und stopfte es ihrer süßen Schwester
blitzschnell in den Busen
Diese
nicht faul
belud ihren Löffel mit Torte
und katapultierte das schokoladenbraune Geschoß
in das Gesicht der Schelmin
(schon wieder dieses Wort)
(im übrigen gut gesagt)
Nun überstürzten sich die Ereignisse
Heißer Tee
ergoß sich auf die anmutigen Häupter
der jungen knospenden Schönheiten
(etwas dick aufgetragen)
bevor das Teegeschirr an die Reihe kam
Meißen 1789
von zarten Händen zerschmettert
Wie Mänaden
rissen sich die jungen Damen
(das klingt nun wirklich unangebracht)
gegenseitig die Kleider vom Leibe
gräßlich kreischend

Ein Blick in den Spiegel
es half alles nichts
dieser Mensch war er

was heißt da noch Mensch
Ob Elisabeth schon etwas merkte

Kleine Teufel

Neue Gedichte

I.

Nein die Köchin war es nicht

Von Teufeln

1 Den Kopf voran
kommen sie angerannt
und rammen einem ihre Hörndeln
in den Busen
falls man sich eines solchen
zu erfreuen vermag
oder sie kitzeln ihn
den Busen
mit ihren Hörndeln
daß man wiehert
und sich naß macht
bis am Ende
nur mehr ein Lacherl
eine Lacke
von uns übrigbleibt
darin planschen sie dann herum
wie die kleinen Kinder
wer hätte das
von den Teufeln gedacht

2 Am Montagmorgen
verstimmt Stechbein die Klaviere
Am Dienstag
versteckt er die Lyra
Am Mittwoch
gießt er Kollodium auf die Saiten
Am Donnerstag
bestreicht er die Tasten mit Leim
Am Freitag
frißt er die Hammerköpfe
Am Samstag
legt er Feuer ans Gehäuse
Am Sonntag
besäuft er sich mit Weinsteg
Auch Klavierteufel
haben ihren freien Tag

3 Große Teufel
Behemoths Ahrimans
verstopfen bloß die Wasserrohre
oder stecken knirschend im Schornstein
Sachkundig entfernt sie die Feuerwehr
während die kleinen namenlosen
ungehindert ihrer Tätigkeit nachgehen
Kaum wahrnehmbar
sitzen sie im Gehörgang
nagen an den Halswirbeln
oder rasseln durch die Lunge
Gezähmte Teufel
sogenannte Krampusse
sind gesuchte Tischnachbarn
An Festtagen
erschrecken sie kleine Kinder
und röten die Wange der Hausfrau

4 Am Fernsehen
liebten sie ihn inzwischen
applaudierten
wenn die Großaufnahme seines Gebisses
den Bildschirm bedeckte
Schlotternd vor ihm aufgereiht
stehen wir da
ihm zum Fraß
wobei zu vermerken ist
daß er uns jeweils nur zur Hälfte verstümmelt
etwas Weibliches in ihm
schreckt vor dem Äußersten zurück
das muß man ihm zugute halten
wenn man ihn dabei erwischt
wie er seine Tiraden und Zähne zuspitzt
Übrigens warten die Ambulanzen
startbereit vor der Tür
und sausen mit dem
was von uns übriggeblieben ist
durch die Stadt
während die Krankenschwestern
Autogramme heischend
uns gegen Starrkrampf und Tollwut impfen
Nach ein paar Wochen oder Jahren
sitzen wir wieder an unserm Arbeitsplatz
Steinway & Sons
ein Toupet auf dem Kopf

das Bein in der Schiene
aufs linke Pedal kann man notfalls verzichten

5 Dämonen
von Göttern kaum zu unterscheiden
spielen auf unseren Seelenfalten
wie Instrumentalisten
bravourös aber schmerzhaft
Wenn sie uns zwicken
dann winseln wir
wie Hunde
die hinauswollen
die Sterne anzubellen
Hündisch möchten wir sie beißen
unsere Peiniger
und beißen doch nur
in die eigene Zunge

6 Nein
die Köchin war es nicht
auch der Gärtner
kann es nicht gewesen sein
noch weniger
denken wir an die Zofe
ganz zu schweigen von Griffith
dem Butler
obgleich dessen Gesicht
einen verkniffenen Zug aufweist
Keinesfalls wollen wir die Corgies verdächtigen
die
es läßt sich nicht leugnen
bereits mehrere Kinder und Halbwüchsige
auf beklagenswerte Weise verstümmelt haben
Selbst der Gutsverwalter
ein Zigeuner
weilte zur Tatzeit
meilenweit entfernt
im Wohnwagen seiner Familie
Vollends die Annahme
es möchte der Hausherr persönlich
in die Affäre verwickelt sein
dürfen wir
da ihre Lordschaft nur ein Bein haben
als Verleumdung zurückweisen
Ein Gedenkstein

wird im Gemüsegarten
an das traurige Ereignis erinnern

7 Daß es Teufel
im Grunde gar nicht gibt
hat uns kürzlich
der Leibhaftige selbst verraten
Wir haben dies
betrübt zur Kenntnis genommen
und beschlossen
in Zukunft
uns selbst an die Wand zu malen

8 Am Ufer
liegen die Gondeln
wie gestrandete Wale
Aus den Dachstühlen am Canal Grande
dringt schwarzer Rauch
Seufzend
versinkt die Kuppel von Santa Maria Maggiore
in der Lagune
Eine letzte Explosion
zerstückelt den Dogenpalast
Die Ratten
haben die Größe von Hauskatzen erreicht
Von der Flutwelle erfaßt
plätschern sie im Innern von San Marco
und beißen die Priester
die versuchen
die Gebeine des Heiligen zu retten
Stoisch
lenkt Mario Praz die Ereignisse
und richtet
als alles vollbracht ist
seinen Blick
im Spiegel
auf sich selbst

9 Freudig
läuft er auf Dich zu
der Mensch mit dem Messer
Er will Dich schlachten
soviel ist klar
Du siehst es daran
wie er das Messer hält
beide Hände am Griff
ein Schlächtermesser
auf Deinen Magen gerichtet
der sich zusammenkrampft
bevor der Stoß
unabwendbar
Dich umwirft
Durchbohrt
stehst Du auf
als sei nichts gewesen

II.

Götter mit roten Ohren

Keine Angst
ich zerkratze Dir nicht das Gesicht
beiße Dich nicht in die Nase
presse nicht meine Handfläche
auf Deinen zum Schreien geöffneten Mund
Ein fühlendes Wesen steht vor Dir
ein Doppelwesen
soviel gebe ich zu
wobei es ganz darauf ankommt
von welcher Seite man mich wahrnimmt
ob ich schief oder gerade
schreckenerregend oder herzerweichend
ins Bild gerate
Schon die kleinste Bewegung
kann alles verändern
ein Schritt nach rechts
meine Krallen sind verschwunden
zwei Schritte zurück
ein stiller Dulder blickt Dich an
von oben färbe ich mich grün
während aus der Hocke
meine Augen satanisch lodern
Wenn die Gunst der Stunde es zuläßt
erscheine ich als kompletter Zwitter
jenen zur Erbauung
die das Ganze zu erfassen suchen

die kakophonische Gesamtidee
die mißratene Synthese
das ungeteilte
unzertrennlich auseinanderklaffende Skandalon
Du weist mir die Tür
Ich verlasse Dich kriechend
vielleicht auch hüpfend
Überall
siehst Du mich wieder

Beim Kongreß der Gottheiten
kam es zum erwarteten Eklat
Zunächst protestierten die Halbgötter
gegen ihre Diskriminierung seitens der oberen
Ränge
Dann versickerte der Wettbewerb der absoluten
Wahrheiten
in einem Sitzstreik der Einzelgötter
Schließlich fielen
mit donnerndem Getöse
sämtliche Götterfamilien übereinander her
Um ein Haar
wäre der ganze Landstrich
in einen gottlosen Zustand versunken
doch sollten wir
angesichts der Gewohnheit der Ewigen
sich zu perpetuieren
von übereilten Schlußfolgerungen absehen

In der Mythologie der Huh
haben Götter rote Ohren
Auf Kolossalstatuen
prangen ihre Ohrmuscheln
wie rote Segel

Als nach verlorener Schlacht
der König der Huh
mit roten Ohren vor sein Volk trat
schlugen sie ihn tot
Man gebärdet sich nicht wie ein Gott

So viele Beine
warum stehen sie nicht aufgepflanzt
schlenkern wohlgelaunt
oder streben im Gleichschritt voran
Aber nein
sie drängen in alle Richtungen zugleich
am Leiblichen zerrend
bis es
prosit
mit einem Knall auseinanderbirst
das Geistliche entkorkend
Da oben
flattert es
entbeinlicht

Bei Sonnenuntergang
sitzt auf seinem Galgen
der Galgenvogel
und singt
nicht besonders melodisch
kein Vergleich mit Amseln und Nachtigallen
aber mit mächtigem Ausdruck
con somma espressione
inbrünstig wie eine Kreissäge
deren Motor plötzlich verstummt
wenn die Dunkelheit
die Schlinge zuzieht

Als Joachim uns vorführte
wie man übers Meer wandelt
fühlten wir
wie in unseren Kehlen
etwas Feierliches hochstieg
Seine Zigarre in der Hand
schritt oder schwebte er
den Naturgesetzen spottend
auf wenn nicht über dem Wasser
im Einklang mit sich selbst
trocken wie ein Bückling
von der Abendsonne rosig angestrahlt
wobei wir ihm
erst kopfschüttelnd
dann unwillkürlich leise singend
mit den Augen folgen
Jetzt winkt er uns
das hätte er vielleicht nicht tun sollen
denn Max
ihm nachstrebend
versinkt wie ein Stein im Wasser
Es scheint
daß in Joachim Kräfte am Werk sind
die wir dort
am wenigsten vermutet hätten

Wohl wissend
daß er
als Angehöriger seiner Gattung
per definitionem
halb Affe halb Engel sei
beschloß Sebald
seine beiden Hälften
in Zukunft
reinlich voneinander zu scheiden
ganz Affe über dem Nabel
ausschließlich Engel darunter
eine nicht alltägliche Zweistöckigkeit
die den am Gesäß angebrachten Flügelchen
das Aussehen von flatternder
zum Trocknen aufgehängter
weißer Wäsche verliehe

III.

Man weiß nie, wo Joseph hinzielt

Bei stürmischem Wetter
verschwindet Emil in seiner Mansarde
und nimmt seine Flügel ab
Gesäubert und geölt
liegen sie auf dem Eßtisch
während er
vorausdenkend
Fenster und Stockwerke seiner Opfer memoriert
Man könnte sich irren
und den Falschen heimsuchen
Bei Damen passierte einem dergleichen kaum
ein spezielles Gedächtnis sorgt dafür
daß man Dichterinnen selten verfehlt
Dann studiert er die neuesten Literaturzeitschriften
und übt sich
auf deutliche Aussprache achtend
in der Erfindung von Schachtelsätzen
Sobald das Wetter umschlug
würde er
inkognito
auf einer Wolke lauern
und auf hübsche Dichterinnen hinabstoßen
wie ein Habicht

Als Olaf anrief
hatte ihn der Lachverein
soeben vor die Türe gesetzt
Es widerstrebe ihm nun einmal
so erklärte er mir
auf Befehl zu lachen
den Tonfall des Vorlachers im Ohr
der überdies
in den Lachkursen
nach Kapellmeisterart
die Einsätze erteilte
darüber hinaus
Charakter und Heftigkeitsgrad des Lachens
mit der linken Hand
zu übermitteln verstand
beim sogenannten Raubtierlachen
gar beide Arme in der Luft schüttelte
sodann herzlich lachend
sich ans Herz griff
schließlich zum Zeichen lautlosen Gelächters
den eigenen Mund zuhielt
Er
Olaf
lache grundsätzlich von der Leber weg
Zur Bekräftigung
prustete er los wie ein Truthahn

Leo

der Mann mit dem einen Auge
ist kein Riese
doch sitzt sein Auge
wie bei Riesen
mitten auf der Stirn
Wenn er weint
fließt alles aus demselben Spundloch
dafür weint er die doppelte Menge
das rinnt die Nase hinunter
und tröpfelt auf die Krawatte
Warum weint Leo
schneidet er Zwiebeln
ist er gerührt
oder lacht er Tränen
Nein er weint
weil er gerne könnte was wir können
schielen
und vor allem zwinkern
uns zuzwinkern
doppeläugig
das heißt mit einem offenen Auge
während sich das andere
zugedrückte
mit uns verbrüdert

Joseph ist unser Würger
Nein er mordet uns nicht
Joseph Schmölmann hat noch keinen umgebracht
Seine Kunst besteht darin
sich öffentlich zu übergeben
Man muß ihn gesehen haben
wie er
grün im Gesicht
den Mund aufmacht
und ein Strahl dringt
pünktlich auf die Sekunde
daraus hervor
Urlaub macht Schmölmann nie
das würfe ihn aus der Bahn
Faul sein
Dinge gutheißen
friedlich verdauen wie die Kühe
wo bliebe da der gesunde Ekel
die Stoßkraft
von der Zuverlässigkeit ganz zu schweigen
die den Berufswürger
von uns Sonntagswürgern unterschied
den Herauswürger
vom Hineinwürger
den Protestwürger
vom stillen Heimwürger

Anlässe
sein Innerstes nach außen zu kehren
fanden sich zur Genüge
Familientreffen
Siegerehrungen
Modenschauen
Militärparaden
Ärgernisse wohin man blickte
Im Kasino beim Mittagsbuffet
würde er sich heute produzieren
ein politischer Akt zweifellos
der die Speisenden ihrerseits ins Würgen trieb
Bald spürte es jeder
Schmölmann würgt für uns alle
seine Auftritte sind Herzensergießungen
kunstliebend ist er obendrein
auf einem guten Teppich
nimmt er sich zusammen
Ansonsten ekelte ihn
außer Sauerkraut
aber auch wirklich alles
Erschlaffe nicht
Freund
wir hängen an deinen Lippen
bis der letzte Tropfen Galle versickert
Dann rufen wir laut da capo

küssen Dir die Hand
hauen uns auf die Schenkel
und füttern Dich mit Schweinskarbonaden
damit du wieder grün anläufst
während der Saal sich mit Fotografen Schulklassen
und Kriegsberichterstattern füllt
und der Ministerpräsident
vorsorglich seinen Regenschirm aufspannt
Man weiß nie wo Joseph hinzielt

Ja die Urgroßmutter
die kennt das Leben
das macht die Erfahrung
die durch die Urgroßmutter gesickert ist
wie durch ein Sieb
unter Hinterlassung einiger Kiesel
guter Kiesel böser Kiesel
An diesen Kieseln beißen wir herum
da hat man einen Vorgeschmack vom Leben
Warum beißen wir nicht gleich die Urgroßmutter
ein wenig mürber Bauchspeck ist noch dran
Schlauer wäre es
sich ans Ohrläppchen zu halten
es zart anzunagen
Da klingelt es in der Urgroßmutter
Herein
sagt sie zu sich selbst
und droht uns mit dem Hutzelfinger

Wo kommt das her
von oben
nein von nebenan
eine Art Wimmern
dazwischen scharfe Schläge
jetzt sickert es durch den Türspalt
würmelt braunrot
über den Teppich
Lachen
weiblich
ein Lachkrampf
der Ton einer Sirene
schnell hinaus hier

Treten Sie uns bei
Werden Sie Menschenfresser
Diese zarten Brüstchen
und rosigen Rippenstücke
Ohrläppchen und Babyzehen
hülfen Ihnen mühelos
über die nächste Hungersnot
Die Fülle des Angebots
garantiert Sättigung auf Dauer
Dennoch bliebe man wählerisch
und fräße bevorzugt
wen man liebt
Vertrautheit mit der Materie
steigert den Nährwert
An düsteren Tagen
fressen wir unsere Widersacher
Huster Harpyien musikalische Sittenrichter
Hier winkt uns
neben der Genugtuung des Zerkleinerns
die heitere Gewißheit
Gutes zu tun
unserer Mitwelt zu Dank
Den Clubmitgliedern zuliebe
präsentieren wir uns stets
in leicht gepfeffertem Zustand

Sie spüren ein Gefühl der Leere
Etwas nagt an Ihrem Inneren
Neiderfüllt blicken Sie um sich
Wie gerne wären Sie ein anderer
Geben Sie sich in unsere Hand
Wir verwandeln Sie
ohne Zögern
in Ihr Gegenteil
Sie triefen
Wir trocknen Sie aus
Sie sind verdorrt
Wir stimulieren Ihre Säfte
Sie beharren darauf ein Mann zu sein
Wir verändern Ihre Anatomie
Sie neigen zur Sanftmut
Wir versetzen Sie in Raserei
Sie schielen auswärts
Wir invertieren Ihren Blick
Sie zweifeln
Wir erfüllen Sie mit Gewißheit
Sie sind verängstigt
Wir hängen Sie
an Ihren Zähnen
unter die Zirkuskuppel
Sie ruhen in sich selbst
Wir reißen Sie in Stücke

Sie atmen Gesundheit
Wir kontaminieren Sie
Sollte in Ihnen
als Spätfolge
der Wunsch aufkeimen
ein Mensch mit seinem Widerspruch zu sein
rücken wir Sie dialektisch in die Mitte
Die Zauberer und Magnetiseure des Hauses
stehen zu Diensten

Meine Herrschaften
Sie sehen hier
das noch nie Gesehene
die Kuh mit dreizehn Eutern
den Elefanten mit Schweinsrüssel
das Schaf mit Pferdegebiß
ein Dromedar auf Dackelbeinen

Geruhen
Gnädigste
ins Spiegelkabinett zu treten
Unter fröhlichem Gelächter
erblicken Sie nunmehr sich selbst
als Dackel
Milchkuh
Schäflein
Wüstenschiff
und Sau

Vollends
erweisen wir unseren staunenden Besuchern die
Wohltat
sich im Saal der Illusionen
als Hyänen und Lämmergeier wahrzunehmen

Im Souterrain erwartet Sie sodann
unser mythologischer Hausrat
Posaunen Pferdefüße Dreizack und Lanze
dazu Schwäne in zweifacher Fertigung
zum Obendraufstehen als Lohengrin
beziehungsweise
zum Hineinschlüpfen als Zeus
Für die Damen stellen wir den Minotaurus
sowie
gleichfalls schnaubend
Grane Mein Roß bereit

Auf persönlichen Wunsch
katapultieren wir Sie abschließend
von der Dachterrasse aus
ins Jenseits

Eine einzige freundliche Zeile
uns täglich abzuringen
eine kleine positive Geste
den Lesern aufzutischen
das sind wir uns zweifellos schuldig

Zunächst holen wir tief Atem
und betrachten uns im Spiegel
bis wir uns richtig sympathisch geworden sind
Dann blicken wir im Zimmer umher
Ein möglichst unscheinbares Objekt muß es sein
kaum der Aufmerksamkeit würdig
das wir nun
konzentriert und innig
ins Auge fassen
ein Stäubchen vielleicht
stellvertretend für sämtliche Galaxien
Sobald wir fühlen
daß die Welt gut sei
ja geradezu wunderbar
eilen wir zum Papier
halten den Atem an
und notieren etwas Preisendes

Dann atmen wir aus
und durchblättern

die neuesten kosmologischen Nachrichten
in Erwartung des Asteroiden
der irgendwo in der Ferne auf uns zurast
wenn nicht zuvor schon
der erloschene Stern in uns
unser Schwarzes Loch
uns jeder Wahrnehmbarkeit entzieht

Klein von Wuchs
wie es sich für Genies gehört
aufrecht
mit hochgerecktem Hals
sein Körper aufschnellend beim Gehen
elastisch hüpfend
wenn Erleuchtungen ihn heimsuchten
verändert finden wir ihn heute
hinkend
sogleich hinken wir ebenfalls
wer möchte dahineilen
wenn ein Genie lahmt
Aber weit gefehlt
er zürnt uns deshalb
fühlt sich verhöhnt
als wäre es ein Buckel
den wir
schadenfroh
mit Hilfe von Kissen unterm Hemdrücken
dem Gelächter preisgäben
Dabei geriet er bloß ans Sesselbein
der große Mann
mit seiner nackten
nunmehr blaugefärbten Zehe
ein nur allzu begreifliches Mißgeschick
ein entwürdigender Vorfall gleichwohl

den er uns
seinen Zeugen
schwerlich verzeihen wird

Ein Jucken und Zucken der Fußsohlen
als hätte ein Heer von Insekten
auf ihnen Platz genommen
dazu ein Kesseltreiben im Leibesinneren
glucksend
wenn nicht knurrend wie Hunde
deren Haare sich
als stünde der Leibhaftige vor ihnen
senkrecht aufrichten
nicht zu vergessen die meterlangen
nach außen gebogenen Fingernägel
alles zerkratzend oder durchbohrend
was an Hindernissen
rechts und links
in den Weg zu stellen sich erdreistet
vorausgesetzt daß wir uns
auf dem Kopfe stehend
die Fähigkeit bewahrt hätten
rechts und links oben und unten
zweifelsfrei zu unterscheiden
schließlich die Gabe
Menschen als Kontrabässe wahrzunehmen
von kykladischen Flachköpfen gekrönt
ein Anblick
der Kenner
auch heute noch

in Begeisterung versetzt
So stellen uns
selbst die herbsten Situationen
etwas Zucker bereit

Da plagt man sich ab
ringt um Sinngebung
putzt sich dreimal täglich die Zähne
übt Skalen
turnt den sogenannten Gorilla
frei nach Feldenkrais
rettet mit eigener Hand
sieben Kinder und einen Polizisten
aus den reißenden Fluten
legt sich flach auf die Straße
für den Frieden
spendet Blut

Und das ist nun der Lohn
Passen Sie gut auf
Ich nehme ihn jetzt
Ihren Botokudenorden
und schleudere ihn auf den Boden
ich sanfter Mensch
trample darauf herum
damit Sie wissen
was ein Botokude ist
reiße das Seidenband in Stücke
schlage Ihnen das Blattgold um die Ohren
Rühren Sie mich nur ja nicht an
vor Ihnen steht DER GROSSE GORILLA

schwingt seine Arme
trommelt sich an die Brust
stößt heisere Schreie aus
wittert Blut

IV.

Als Mozart ermordet worden war

Als Mozart ermordet worden war
ahnte niemand
nicht einmal Haydn
daß kein Geringerer als Beethoven
die ruchlose Tat begangen hatte
Während einer Landpartie
da Mozart
vom Bockspringen ermüdet
im Grase ruhte
näherte sich Beethoven
als Salieri verkleidet
mit der Geräuschlosigkeit einer Katze
und träufelte dem Schöpfer der Kleinen Nachtmusik
Gift ins Ohr

An dieser Stelle wäre einzuflechten
daß es im Leben Beethovens
ein gut gehütetes Geheimnis gab
Beethoven WAR EIN NEGER
und Mozart HATTE ES BEMERKT
Nach einem von Beethovens berühmten Forte-
piano-Vorträgen
hörte man Mozart halblaut zu Süßmayr sagen
Für an Nega spülta netamoi schlecht
Nun lag er da
und das Gift gluckste in ihm

Grimmig in sich hineinlachend
schlich der junge Übeltäter davon
im festen Besitz der Tonart c-moll
die ihm
von dieser Stunde an
keiner mehr streitig machen würde

Im Jenseits
darf man alles nachholen
was man im Leben versäumt hat
Beethoven zum Beispiel
finden wir dortselbst
als Bäcker wieder
Mit der ihm eigenen
grimmigen Energie
schiebt er Teig in den Ofen
Die Ähnlichkeit seiner Sonatensätze mit Striezeln
hat bereits Tovey
in Begeisterung versetzt
wogegen Schenkers scharfes Gehör
das Mürbe Mohnbeugelhafte der späten Bagatellen
wahrzunehmen vermochte
Des seligen Meisters jüngste Tondichtung
seine »Schimpfenden Kipfel«
schimpfen
wenn man in sie hineinbeißt

Als Brahms sich in den Finger gebissen hatte
sagte er mit seiner hohen Kopfstimme
Ein netter Mensch beißt sich nicht Johannes
Dann steckte er den Finger in seinen Bart
der sich langsam rötlich färbte

Madre mia
murmelte Meyerbeer
als Maria Malibran
in einem maßlosen Moment
Metastasio
mit dem Messer entmannte

Lopatnikoff lallt
Lourié lästert
Liadow lahmt
Langsam verludert Liapunow

Wenn der Mond rund ist
stellen wir uns vors Haus
und beginnen zu heulen
Dünn und langgezogen
heult die Hausfrau
weinerlich heulen die Kinder
Ich als Hausherr
heule mit Hugo Wolf
Grüß dich Deutschland aus Herzensgrund
singe ich heulend
Unlängst packte mich ein Kammersänger in sein Auto
öffnete das Dach
singend fuhren wir durch die Nacht
er schmetterte
ich heulte
Deutschland
selbst die Polizisten nahmen ihre Mützen ab
In einem Vorort
blieb Beniamino Rosenwänge
so hieß der Sänger
plötzlich stehen
blies seine Backen auf
und sagte
Ich bin der Friedenskaiser Franz Joseph
Dann stieg er aus

und riß ein Schaf
Ich schlug mich in die Büsche
voller Nebelglanz
Goethe hatte das richtig gesehen
Deutschland
winselte ich leise
damit die Maulwürfe nicht aufwachten

Daß er der Größte war
daran zweifeln wir nicht
Keiner hatte je das Glück
seinem Spiel zu lauschen
Dennoch bleibt er
uns allen
der Maßstab
Dort oben steht er
sein eigenes Denkmal
Aus seinem Kopf wuchert der Lorbeer
durch die wundertätigen Finger
schießen Veilchen und Löwenzahn
Seine abgespreizten Hände zu küssen
versammeln sich täglich
Trostbedürftige von weither
Auf langen Leitern
kriechen sie an ihm empor
seinen Daumen zu erhaschen
ihn vor allem
der
blankgeküßt
in der Sonne glänzt
ein Lämpchen der Verheißung allen jenen
die beim Klettern nicht
von Schwindel erfaßt
in die Büsche stürzen

Auch der kleine Finger
wird heftig begehrt
Eilige
nehmen ihn für die ganze Hand
Versuche
ihn abzubeißen
beschädigen lediglich die Zähne
Wie alle übrigen Finger
ist auch dieser aus Stahl
Mit einem Vergißmeinnicht im Maul
treten wir den Heimweg an
Nie zuvor
sind uns schnelle Oktaven
so fehlerlos gelungen

Als Christo die drei Tenöre verpackt hatte
senkte sich über die Kulturlandschaft ein unnatür-
liches Schweigen
Kaum hörbar durchdrangen ein paar flehende Töne
in den Höhenregionen der Kopfstimme angesiedelt
das Sackleinen
von Opernliebhabern am Fuße der Scala
halb entsetzt halb schadenfroh registriert
wobei die Herkunft eines vereinzelten
markerschütternden Spitzentons
der Umstände wegen im Dunkel blieb
Es steht jedoch zu vermuten
daß die eben erwähnte
zu Herzen gehende
hohe Gesangsnote
der mittleren und beleibteren der drei Berühmt-
heiten zu verdanken war
deren mumienartiger Umriß
vorübergehend ins Wanken geriet
während zugleich
der Abgesandte des freiesten Landes der Welt
ein Protestschreiben seiner Regierung verlesend
für die hier stattfindende Beeinträchtigung
ja Knebelung
des Mitteilungsdranges
harte Worte fand

Als nächstes Reiseziel
wäre die bevorstehende Verpackung Robert
Wilsons und Peter Sellars'
auf halber Höhe des Kölner Doms
in graues Plastik
von allen Opernfreunden
ins Auge zu fassen

Daß man Klaviere
nicht nur kochen
sondern auch räuchern kann
hat erst kürzlich
ein purer Zufall
ans Licht gebracht
Ein Kellerbrand
im lokalen Klavierhaus
förderte überraschend zutage
daß geräucherte Flügel
nobler klingen als gekochte
In riesigen Kaminen
hängen sie nun
die musikalischen Freudenspender
wie schwarze Schinken
bevor sie
rauchgrau und würzig
den Kenner zufriedenstellen
Von der Gepflogenheit
Flügel
je nach Geschmack und Neigung
hart- oder weichzukochen
als seien sie Eier
will die Firma Bösenstein
in Zukunft Abstand nehmen

Hier sitzt er
und winkt mit seiner arthritischen Hand
die keinen Taktstock mehr halten kann
man möge aus dem Archiv
Tonaufnahmen herbeischaffen
das Gerät einschalten
Rosenkavalier Met 1974
wenn er bitten dürfte
nein nicht das Terzett
sondern gleich den Beifall
in gebührender Lautstärke natürlich
Neunzehn Minuten lang
zitterten damals die Wände
Sodann die Mitschnitte aus Salzburg und Paris
Orkane der Zustimmung
Paris wie stets der lauteste
Salzburg der längste
volle zehn Minuten länger als Nikisch
Geweint hätten die Leute damals
wo gäbe es das heute noch
geschluchzt und sich
vor der Tür seiner Garderobe
geprügelt
Die Dame
die in der Pause bei ihm eindrang
das war in Buenos Aires

und sich entblößte
der hatte er in der Folge
eine Rippe eingedrückt
monatelang noch
wünschte die ganze Stadt
ihre Rippe zu besichtigen
Man liebte ihn
keiner konnte das bestreiten
selbst die Musiker
fraßen ihm aus der Hand
Als er dem Konzertmeister
mit dem Taktstock
ein Auge ausgestochen hatte
hielt der brave Mann
ihm das andere hin
Je böser er wurde
um so besser spielte das Orchester
Bruno Walter
wäre das nie gelungen
Zum Abschluß noch
den Fidelio aus Budapest
ein akustischer Glücksfall
da hört man tatsächlich
wie
mitten im allgemeinen Jubel
die Elevin

die ihm an der Rampe
die Blumen überreicht hatte
ohnmächtig in den Orchestergraben fiel

Daß man Seufzer
im Beisein anderer
freundlicherweise für sich behalten möge
ist uns spätestens seit den Stoikern bekannt
Ausgerechnet die Musik hat sich
wie die Experten uns versichern
einc Zeitlang dieser Anstandsregel widersetzt
und das Seufzen
in den Mittelpunkt ihrer Bestrebungen gerückt
Man dürfe nie vergessen
daß wir uns in einem Jammertal befänden
dessen Weh und Ach
in Gestalt von Zweinotengrüppchen
auf das inständigste
zu artikulieren sei
Einzig gewisse Tasteninstrumente
stellten sich in ihrer Sprödigkeit
den Erfordernissen der Stunde entgegen
bis Cristofori
der Not gehorchend
das Jammerklavier erfand
Der Tränenbäche des empfindsamen Spielers
war daran
durch eine unterhalb der Tasten angebrachte
Regenrinne

Rechnung getragen
Nach einer Präsentation des Jammerflügels in Weimar
entfuhr Goethe der Satz
Lerne leiden ohne zu klagen
worauf der Kammervirtuose Johann Ladislaus Stummel
sich mehrmals bekreuzigend
dem Großherzogtum den Rücken kehrte

Die Entdeckung des Gegenteils
hat bereits das Paradies
in Unordnung gebracht
Auf den Brettern unserer Theater
praktiziert man sie täglich
Zwischen Bierflaschen und nackten Frauenleibern
wälzt im Verlies sich Florestan
Von Leporello geschoben
zieht Don Giovanni im Rollstuhl durch Spanien
Ein weißhäutiger Othello
mordet die schwarze Desdemona
Was bliebe uns
in dieser Bedrängnis
Besseres zu tun
als gleich selbst
mit dem Gegenteil dessen
was wir zu sagen wünschten
aufzuwarten
den Verfechtern des szenischen Widerspruchs
solcherart den Anreiz bietend
ohne Gesichtsverlust
wenn auch nicht in voller paradiesischer Unschuld
das Gegenteil des Gegenteils zu tun

Wie sie das wohl fertigbringen
Abend für Abend
ohne jeden Anschein der Ermüdung
ja mit zur Schau gestelltem Eifer
einer Tätigkeit nachzugehen
die sonst eher zu Hause abgewickelt wird
nämlich
sich auf offener Bühne zu lieben
vom Publikum geschmäht oder angefeuert
vom Autor des Stücks sorgfältig überwacht
wobei der Dialog nicht vergessen sei
den er den Akteuren zusätzlich aufbürdet
ein glänzender dramaturgischer Einfall übrigens
dieses Zwiegespräch über das Numinose
von den Darstellern
mit kühler Sicherheit bewältigt
Schier unglaublich
wie hier
achtmal in der Woche
Samstagnachmittage miteingerechnet
der Beweis erbracht wird
daß man
im Gewühl der Sinne
zugleich auch räsonierend
und mit aller gebotenen Klarheit
außer sich geraten kann

Wer
wie ich
die Erfahrung gemacht hat
daß Lärm die Lebensgeister hebt
der wird dem Institut für Geräuschvermittlung
seinen Dank nicht versagen
Der Besuch von Großbaustellen Eisenwalzwerken
und Formel-eins-Rennen
sowie der Niagarafälle
garantiert dem unter Stille Leidenden
Linderung im Kreise Gleichgesinnter
Asphaltbohrer und Baumsägen
stehen gegen Kaution zur Verfügung
auch mehrere Haubitzen älteren Modells
sind zum Vorschein gekommen
Für ein kleines Aufgeld
überfliegen Militärflugzeuge
nahezu den Boden streifend
die verschwiegensten Landstriche
Im Eheanbahnungsbüro des Hauses wiederum
stürzen Heiratslustige brüllend aufeinander
Auf dem benachbarten Friedhof
sind Rockmusiker damit beschäftigt
die Toten aufzuwecken
ein Vorhaben
von dem man

angesichts der fortschreitenden Übervölkerung des
Planeten
doch lieber Abstand nehmen sollte

V.
Wir sind der Hahn und die Henne

Es ist nun an der Zeit
ein Liebesgedicht zu schreiben
Den Zustand
kennen ja die meisten
Aber die Worte finden
den Tonfall die Schlichtheit das leichte Tremolo
das wollen wir uns nun endlich zumuten
Erklären wollen wir gar nichts
das wäre ein Fehler
da kämen wir aus den Widersprüchen nicht heraus
peinlich berührt
rückten die Leser von uns ab
Lieber wollen wir uns fragen
wen oder was wir eigentlich zu lieben gedenken
Frauen Kinder Hunde die Menschheit das Weltall
Ich persönlich
würde von Hunden absehen
und mich an die Nachbarin halten
mit etwas Glück
steckt in ihr eine neue Suleika
oder Laura
Wer ins Detail verliebt ist
wird sich mit einzelnen Körperteilen begnügen
dem Kinn etwa
der Kniekehle
oder der Rundung eines Busens

Groß angelegte Naturen wiederum
lieben mit breiterem Pinsel
kommandieren eine Legion von Lauren
umarmen Gott oder die Götter
Zu klären wäre schließlich noch die Machart
Wir empfehlen das Paradoxon
den Euphemismus die Aposiopese
Wenn Sie nun die Freundlichkeit hätten
mit dem Dichten zu beginnen

Schweigen wir
der Lärm ist schon groß genug
Ohnehin
hört man die eigene Stimme nicht mehr
Gestikulierend
grüßen wir uns
werfen die Arme in die Luft
schürzen
in komischer Verzweiflung
die Lippen
Wenn niemand hinsieht
wagen wir eine Berührung
das ist immer noch das Schönste
einander berühren ohne zu sprechen
Von Deinem Mund
lese ich ihn ab
Deinen kleinen Seufzer
Deinen unhörbaren Schrei

Ob er geboren worden war
mußte offenbleiben
Er selbst erinnerte sich nicht an das Ereignis
und auf die Auskünfte anderer
ließ man sich nicht ein
Vielleicht hatte es ihn längst gegeben
ehe sein Bewußtsein davon Notiz nahm
ein Kuckucksei
seinen Eltern ins Nest gelegt
ein mißratener Demiurg
kläglich in dieses Dasein verstrickt
ohne Stapellauf
und
wie man fürchten durfte
ohne Ende

Über mich selbst gebeugt
sehe ich
unscharf
mein fremdes Gesicht
Gefäß des Zweifels
Chronik des Vergessens
Mühlstein täuschender Erinnerung
über den der Atem des Wassers
gleichgültig hinwegzieht

Als die künstlichen Menschen gelernt hatten
sich wie Du und ich zu benehmen
wußten wir
daß unser Spiel verloren war
Da sitzen sie
etwas zu glatt im Gesicht
und trinken Tee
blicken einander tief in die Augen
oder krümmen sich vor Lachen
Unfehlbar
und doch mit größter Zartheit
spielen sie Klavier
reproduzieren sich diskret im Nebenzimmer
und schießen die Vögel vom Dach
während wir
Veteranen der Natürlichkeit
von den Umständen zum Äußersten getrieben
keinen anderen Ausweg sehen
als engelhaft gut zu werden
oder vielleicht doch lieber
über die Maßen böse

Neuerdings ruft ein Schwein
ein richtiges Speckschwein
täglich bei mir an
Grunzend erzählt es mir sein Leben
wühlt
metaphorisch gesprochen
im eigenen Schlamm
Gewiß liegt es rosig da
den Hörer am Schweinsohr
die Beinchen von sich gestreckt
heutzutage haben auch Schweine ihren Privat-
anschluß
im eigenen Koben
ein fortschrittlicher Landwirt
läßt es den Tieren an nichts fehlen
Seit gestern duzt es mich
ich duze zurück
eingedenk des Schlachtmessers
und des Schinkens
Da haben wirs doch noch besser
uns fressen höchstens die Würmer
dafür können wir
Kontinente in die Luft jagen
und Klavier spielen

Wir sind der Hahn und die Henne
Wir sind auch die kleinen Hühnerlein

Und das Ei
Wer ist das Ei
WIR SIND DAS EI
das Dotter aber auch das Eiweiß

Außerdem sind wir der Fuchs
der die Hühner frißt

Wir sind aber auch wirklich alles

Wir sind alles
Wir sind gegen alles
Alles muß endlich ein Ende haben
Der Anfang des Endes muß
ein neuer Anfang sein
Anfang eines neuen Endes
das sehnlichst anzufangen
wir herbeiwünschen
Nein wir wollen kein neues Ende
Unser Anfang
nimmt kein Ende
das
was er endlich anfängt
ist gültig
ist endgültig
Nein wir wollen
keinen neuen Anfang
Aber morden
das wollen wir

Sinnig wollen wir sein
gleichwohl unsinnig
sinnvoll
obschon voller Unsinn

Uns quillt der Unsinn
aus allen Sinnen
unsinnlich hingegen
bröckelt der Sinn

es sei denn
er besönne sich
und quölle lieber sinnlich
während der Unsinn
sich beunsinnend
nun seinerseits unsinnlich quölle
oder vielmehr bröckelte

Als der Philosoph
seinen Hörern
zu verstehen gegeben hatte
das Unsagbare
lasse sich pfeifend mitteilen
pfiffen sie ihn aus
Unsäglich
konstatierte der Philosoph
und pfiff zurück

Nachbemerkung zu *Störendes Lachen während des Jaworts*

Unter den Musen dieser Texte befinden sich mehrere alte Damen. Eine von ihnen blieb, als ich im Museum of Modern Art in New York auf einer Bank saß, plötzlich vor mir stehen, zeigte auf mich und sagte: »Are you Woody Allen?«

Eine andere erblickte ich auf dem Fernsehschirm. Sie war Mitglied jener Gruppe von Menschen – es gibt sie wirklich – die der Tritsch-Tratsch-Polka lauscht, um des Heiligen Geistes teilhaftig zu werden. Mit Hilfe dieser Sekte werde man, wie die alte Dame zu verstehen gab, in die »achtzehn, nein, pardon, dreiunddreißig Kreise des Himmels« eingeführt. Alles übrige habe ich erfunden.

Ebenfalls verbürgt ist, daß ein Huhn einmal jährlich bei einer Veterinärin chloroformiert wurde. Da es nachts schnarchte, wurde dem Tier die Nase ausgeputzt, damit es die alte Dame nicht störte, in deren Bett es schlief.

Daß Fufluns ein »etruskischer Gott der Entzükkung« war, entnahm ich Elias Canettis »Nachträgen aus Hampstead«.

Mit Johannes Brahms ist ein Wiener Komponist hanseatischer Herkunft gemeint, dessen d-moll-Klavierkonzert zu meinen Lieblingsstücken gehört.

Die beiden Ärzte, denen ich die Entfernung meines Blinddarms verdanke, hießen Dr. Lachmann und Dr. Witz.

A. B.

DIE GEDICHTE

Fingerzeig

Finger 9
Hunde 11
Emil 13
Lachforscher 15
Eduard 17
Maus 18
Mutation 19
Buddha 21
Sultan 23
Türen 25
Triller 28
Schaf 29
Opern 30
Mutter 32
Dirigent 34
Oktopus 37
Klavierpoet 39
Ehrung 41
Brezel 43
Jenseits 44
Lächeln 46

Knie 48
Männlein 50
Godot 52
Kröpfe 53
Köln 54
Mord 56
Käse 57
Krokodil 59
Königin 61
Theater 63
Schauspieler 64
Komponist 66
Satyr 68
Unheil 70
Kind 71
Affe 73
Bärte 74
Oxymoron 76
Zwilling 78
Ferdinand 80
Monster 81
Elegie 82
Hüpfeln 83
Dadaist 84

Störendes Lachen während des Jaworts

Brms 87
Kaninchen 89
Emil 91
Gustav 92
Lachend 94
Steckbriefe 95
Kleinmaler 97
Nicht Freunde diese Töne 99
Stil sitzen 100
Babel 101
Fröhliche Weihnachten 102
Nachtstück 103
Nägel 105
Woody Allen 106
Das eine Wort 107
Weltuntergang 109
Komischer Kleiner 110
Menschenfreund 111
Kamel 112
Inspiration 114
Steinern 115
Brennessel 116
Theodor 118
Othello 119
Einmaleins 123

Nein und Ja 124
Ideen 125
Das Ziegelein 126
Ob man lachen darf 127
Engel 129
Huhn 130
Kunsttourismus 132
FUFLUNS 134
Held 136
Eulen gut alles gut 138
Damen 139
CERES 140
Pferde 143
Der General 144
Im Paradies angekommen 145
Gespenst 146
Lachmann und Witz 147
Tritsch-Tratsch 149
Meißen 1789 151

Kleine Teufel

Von Teufeln 159
Zwitter 173
Götter 175
Huh 176
Beine 177

Galgenvogel 178
Joachim 179
Sebald 180
Emil 183
Olaf 185
Leo 185
Joseph (Bravourarie) 186
Urgroßmutter 189
Wo kommt das her 190
Menschenfresser 191
Gegenteil I 192
Wunderkammer 194
Stäubchen 196
Genie 198
Kontrabässe 200
Gorilla 202
Mozart 207
Beethoven 209
Brahms 210
Meyerbeer 211
Lopatnikoff 211
Wolf 212
Maßstab 214
Tenöre 216
Klaviere 218
Beifall 219
Seufzer 222

Gegenteil II 224
Dramaturgie 225
Lärm.............................. 226
Liebesgedicht I 231
Liebesgedicht II 233
Kuckucksei.............................. 234
Selbstbildnis 235
Künstliche Menschen 236
Schwein 237
Alles I 238
Alles II 239
Poetik 240
Philosoph 241

Nachbemerkung zu
Störendes Lachen während des Jaworts 242

Joachim Kaiser

Große Pianisten in unserer Zeit

Von Klaus Bennert erweiterte Neuausgabe. 363 Seiten mit zahlreichen Notenbeispielen. SP 2376

Joachim Kaiser hat mit diesem Standardwerk über die großen Meister des Klavierspiels unserer Zeit – scherzhaft auch »Klavier-Michelin« genannt – einen großen Leserkreis unter den Musikfreunden des In- und Auslandes gefunden. Neben Rubinstein, Backhaus, Horowitz, Kempff, Arrau, Solomon, Richter, Gilels, Benedetti Michelangeli und Gould werden Vertreter der nächsten Pianistengeneration vorgestellt wie Gulda, Brendel, Barenboim, Argerich, Pollini, Perahia, Schiff, Zimerman und andere. Diese Ausgabe wurde von Klaus Bennert um das Kapitel »Verlust und neue Fülle« erweitert.

»Noch niemals habe ich erlebt, daß musikalische Interpretation mit derartiger Genauigkeit und Liebe zum Detail analysiert und beschrieben wurde.«

Arthur Rubinstein

Alfred Brendel

Musik beim Wort genommen

Über Musik, Musiker und das Metier des Pianisten. 278 Seiten mit zahlreichen Notenbeispielen. SP 8334

»Eines der brillantesten, gewiß auch amüsantesten Kapitel der aktuellen Musikliteratur – nein, nicht einfach lesen, sondern genüßlich auf der Zunge zergehen lassen. Es geht um das bisweilen diabolische Vergnügen bei der Lektüre des Diabelli-Kapitels.«

Klaus Bennert. Süddeutsche Zeitung

Nachdenken über Musik

Mit einem Interview von Jeremy Siepman. 231 Seiten mit 61 Notenbeispielen. SP 8244

»An sprachlichem Format übertrifft Brendels Erstling ein Fuder Musikbücher, an musikalischem ohnehin ... Einer, der es nicht nur in den Fingern hat, versenkte sich in die Fragen seines Metiers, wobei er die Probleme als Praktiker, nicht als Schwarmgeist oder Eiferer anging.«

Süddeutsche Zeitung

SERIE PIPER

Klaus Umbach

Celibidache – der andere Maestro

Biographische Reportagen.
352 Seiten mit 16 Photos. SP 2553

Vor fünfzig Jahren wurde ein brotloser rumänischer Musikstudent über Nacht Chef des Berliner Philharmonischen Orchesters – Sergiu Celibidache (1912–1996). Hier begann eine der eigenwilligsten Dirigentenkarrieren dieses Jahrhunderts. Nach einer ebenso triumphalen wie schlingernden Odyssee durch die Konzertsäle der Welt war der große alte Mann zuletzt fast zwei Jahrzehnte lang Chefdirigent der Münchner Philharmoniker – der symphonische Hohepriester des Münchner Gasteig, der Maestro schlechthin, verehrt und geschmäht, ergebenster Diener der Musik und galliger Verächter allen Musikbetriebs und seiner technischen Reproduktionen. Vielen blieb der »andere Maestro« rätselhaft mit seiner (Musik-)Philosophie, seiner schockierenden Wahrheitsliebe, mit seinen herb provozierenden Urteilen über die Stars seiner Zunft.

Gidon Kremer

Kindheitssplitter

231 Seiten. SP 2391

»Warum eigentlich bin ich Geiger geworden – und nicht Eisenbahnschaffner oder Feuerwehrmann?« fragt sich Gidon Kremer in der Mitte seiner vierziger Jahre, auf der Höhe einer Weltkarriere als Geiger. Da zieht er sich eine Weile aus dem Trubel seiner internationalen Konzertverpflichtungen zurück – und erinnert sich. Herausgekommen sind bei dieser Erinnerungsarbeit Szenen einer intimen Reise durch eine Nachkriegskindheit in der ehemaligen Sowjetunion, ein Porträt von eigentümlichem Reiz und von spröder Innigkeit, geprägt von dem Grundmotiv großer Wahrhaftigkeit. Gidon Kremer ist ein Grenzgänger unter den virtuosen Geigern der Gegenwart. Die Suche nach den eigenen, unverwechselbaren Tönen in der Musik heißt für ihn, nicht nur im Reich der Musik die Grenzen auszuloten, sondern auch in der eigenen Persönlichkeit.

SERIE PIPER

Michael Walsh

Keine Angst vor Opern

Aus dem Amerikanischen übersetzt und bearbeitet von Corinna Steinbach. 202 Seiten. SP 2317

Allen, die schon die bloße Vorstellung »Oper« bange macht, bietet dieses Buch eine wunderbar lesbare und hemmungslos einseitige Einführung in das, was für den Autor »die großartigste Kunstform ist, die je von der Menschheit erfunden wurde«.

Manchem wird schon mulmig, wenn er das Wort »Oper« nur hört. Viele denken beklommen an Galazwang, Pomp und Prunk, an melodramatische Liebesduette und nicht endenwollende Todes-Arien – das sind die Leser, die Michael Walsh im Sinne hatte, als er seine launige, respektlose und durchaus einseitige Einführung schrieb. Er ist ein Liebhaber, dem die Zauberwelt der Oper schlechthin das Größte ist, und er will diese Liebe seinen Lesern weitergeben, Befangenheiten lösen, Hemmschwellen abbauen. Also hält Walsh die Glut seiner Opernleidenschaft zurück und beantwortet mit manchmal bissigem Witz auch die Fragen, die wir nie zu stellen wagten: Warum braucht Tristan so lang, bis er endlich tot ist? Was ist wichtiger: die Wörter oder die Musik? Woran kann man eigentlich einen großen Sänger erkennen?

Ein Geschenkbuch für Einsteiger, das auch unmögliche Fragen mit Witz beantwortet.

Keine Angst vor klassischer Musik

Aus dem Amerikanischen und bearbeitet von Corinna Steinbach. 256 Seiten. SP 2318

Wenn schon die ersten Takte eines Klavierkonzerts unerträglich sind, weil man sich bei E-Musik ahnungslos fühlt, obwohl einem die Filmmusik von »Amadeus« und »2001« schon gefällt, wenn der eigene CD-Player Heavy Metal satt hat, dann ist dieses Buch der ideale Helfer! Es liefert Ihnen eine durchaus respektlose, absolut voreingenommene, aber für den Anfänger ideale Einführung in die klassische Musik.

Yehudi Menuhin

Die Freude liegt im Unvorhersehbaren

Gespräche mit Daniel Dubal. Aus dem Englischen von Inge Leipold. 192 Seiten. SP 2306

Der berühmteste unter den lebenden Musikern wird in der ganzen Welt als genialer Interpret und engagierter Humanist verehrt. Die großen Themen seines Lebens sind auch die Themen seiner Gespräche mit dem amerikanischen Pianisten und Musikpublizisten David Dubal: Musik und Musiker, Politik, Kunst, Religion bis hin zu Fragen der Umwelt.

Unvollendete Reise

Lebenserinnerungen. Aus dem Englischen von Isabella Nadolny und Albrecht Roeseler. 480 Seiten. SP 2472

»Die Geschichte dieser geradezu fabulösen Künstlerkarriere ist den Enthusiasten bekannt: seine Konzerte unter Toscanini, Busch, Bruno Walter und Furtwängler, seine Begegnungen mit Bartók und Enesco, seine Freundschaft mit Oistrach und Casals, seine Tourneen mit Benjamin Britten, Wilhelm Kempff, Gerald Moore und Schwester Hephzibah, seine Zusammenarbeit mit Karajan und Pierre Boulez, seine Betätigung als Dirigent und als Leiter der Festivals in Gstaad, Bath und Windsor. Aber vom Privatleben dieses Künstlers, seinen jugendlichen Träumen ›der Menschheit Frieden zu bringen‹, den Illusionen, die Völker durch Musik zu versöhnen, von seiner großen Begabung zur Freundschaft wußte man bislang zu wenig ... Was Menuhin den meisten Lebenserinnerungen voraus hat, ist die hohe Intelligenz und sein erzählerischer Charme.«
Frankfurter Allgemeine

Unterwegs

Erinnerungen 1976–1995. Aus dem Englischen von Inge Leipold. 160 Seiten. SP 2585

Am Ende seiner erfolgreichen Autobiographie »Unvollendete Reise« hatte Yehudi Menuhin ein wenig von einem beschaulicheren Leben zu träumen gewagt. »Unterwegs«, sein neues Erinnerungsbuch, zeigt, daß und warum dies auch zwanzig Jahre später ein Traum geblieben ist. Der große Geiger und Dirigent ist noch immer »auf Reisen«.